古典诗词吟诵

主　编　梁明玉　罗　莉

副主编　于军民　钟永菊　阳　霞

编　委　李芳华　魏百霞　熊永畅

　　　　黄成军　米　禧　石　磊

　　　　何　瑾　雷行丽　陈　娜

　　　　喻蕾童　刘川江　唐红江

　　　　龚小凤　谭永燕

西南交通大学出版社
·成　都·

图书在版编目（CIP）数据

古典诗词吟诵 / 梁明玉，罗莉主编. —成都：西南交通大学出版社，2022.3
ISBN 978-7-5643-8615-3

Ⅰ. ①古⋯ Ⅱ. ①梁⋯ ②罗⋯ Ⅲ. ①古典诗歌－中国－青少年读物 Ⅳ. ①I222

中国版本图书馆 CIP 数据核字（2022）第 033553 号

Gudian Shici Yinsong
古典诗词吟诵
主编 梁明玉 罗 莉

责 任 编 辑	吴 迪
助 理 编 辑	周媛媛
封 面 设 计	原谋书装
出 版 发 行	西南交通大学出版社
	（四川省成都市金牛区二环路北一段 111 号
	西南交通大学创新大厦 21 楼）
发行部电话	028-87600564 028-87600533
邮 政 编 码	610031
网 　 　 址	http://www.xnjdcbs.com
印 　 　 刷	四川煤田地质制图印刷厂
成 品 尺 寸	170 mm × 230 mm
印 　 　 张	11.5
字 　 　 数	134 千
版 　 　 次	2022 年 3 月第 1 版
印 　 　 次	2022 年 3 月第 1 次
书 　 　 号	ISBN 978-7-5643-8615-3
定 　 　 价	39.00 元

课件咨询电话：028-81435775
图书如有印装质量问题　本社负责退换
版权所有　盗版必究　举报电话：028-87600562

编者的话

亲爱的读者朋友们：

中国是个诗乐一体的国度。古代的读书人以像唱歌一样的方式读书，这种读书方式称为吟诵。吟诵是传统的创作诗文、诵读诗文的方法，在我国有着悠久的历史。先民在生产劳动中吟唱的歌词就是最早的诗歌。春秋战国时期，孔子将《诗经》吟诵与音乐、舞蹈相结合——"诵诗三百，弦诗三百，歌诗三百，舞诗三百"。到了唐代，诗歌创作进入了黄金时代，吟诗成为一种时代风尚，是文人的基本功，也是诗歌繁荣的重要标志之一。但在近代，诗歌吟诵出现了断层。幸哉，诗歌不绝，吟诵不绝。

吟诵是汉语诗文的活态——非物质文化遗产代表作。用吟诵方式读古诗文，更能还原古诗文创作的原貌，既利于大家理解和感悟，又便于记诵和创作，有利于实现文化复兴与传承。

吟诵有法，"法"即"一本九法"。"一本九法"指在正确、流利、有感情的普通话朗读的基础上，遵循"依字行腔、依义行调、入短韵长、虚实重长、平长仄短、平低仄高、模进对称、腔音唱法、文读语音"等规则，即讲究抑扬顿挫、有节奏地吟唱，再融入情感，辅以肢体、动作的表达，最终达到入情入境的吟诵效果。对于初学者平仄不熟悉的情况，也可借助简单明了的吟诵符号辅助吟诵，比如：

"—"代表平声字，一般指汉语拼音中的一声和二声调；"|"代表仄声字中的汉语拼音的三声和四声调。平仄也有长短之分：一三（五）字的平声是短音，用"-"表示；二四（六）字的平声长两倍，用"—"表示；韵脚处的平声最长，用"——"表示。仄声中的上声和去声比入声字长，常以"|"表示，吟诵时长略短于短横（"-"）时长。"!"表示仄声中读得短而重的入声。部分词、曲押仄声韵，其中，词往往上、去通押，曲往

住上、去分押。这时要分情况看：上、去通押的韵用小于号（"＜"）表示；上、去分押的韵，上声韵用对勾号（"√"）表示，去声韵用下斜线（"＼"）表示。这两种情况都要依调拖长，而入声韵则要短促顿住。词、曲的入声韵也可顿住后再拖长。综上，吟诵符号如下所示：

① 平声 ｛
－　　短平：一三（五）字之平声
—　　中平：二四（六）字之平声
——　长平：押韵之平声

② 仄声 ｛
√　上声韵
＼　去声韵
｜　上、去声（近体诗）
！　入声（含押韵处）
＜　上、去通押韵

　　吟诵时我们必须了解平仄，也需要体会诗词当中的开口音和闭口音。开口音是以 a、o 为韵腹的音；闭口音是以 I、u、ü 为韵腹的音；以 e 为韵腹的音介于两者中间。开口音的发音响亮，多用来表达开阔、明朗、有力的情绪，闭口音的发音低沉，多用来表达细腻、悠长、低沉的情绪。

　　方法都是熟能生巧，相信读者在反复吟诵的过程中会熟悉这些方法，从而更加自如地体会古诗文的意境，陶冶自身的情操。

　　这本书共 36 篇诗词，大部分选自统编版小初高语文教材。全书分为以下 9 个主题单元：爱情、送别、羁旅、边塞、隐逸、田园、理趣、讽喻、咏怀。通过声韵分析导引读者运用传统的吟诵方式感受诗词所描绘的画面，体悟诗词表达的情感、意境和韵味，逐步学会方式的技巧，领会古诗文的吟诵方法。

爱情诗篇中，"关关雎鸠""迢迢牵牛""巴山夜雨"等意象让读者在感受古人刻骨铭心的爱情记忆的同时，熟悉吟诵的基本方法。送别诗篇中，"远飞之燕""阳关青柳""孤蓬浮云""晓风残月"等意象令人伤怀，涵泳其中，能感受古人的惜别之情。羁旅诗篇中，有"我戍未定"的思乡卒、"不减来路"的游兴人、"天地沙鸥"的漂泊客、碧云斜阳的"黯乡魂"。边塞诗篇中，有记录征战獫狁的《出车》、有表达恬静安宁的塞上听笛、有抒发满怀豪情的《出塞》、有塞下秋城思归的《秋思》。隐逸诗篇中，随"隐逸之宗"的《考槃》，明月清泉的空山，清浅山涧的田居，"浮生日凉"的村外，带领读者感受千百年前文人的幽闲适意的隐逸生活。田园诗篇中，能在岁末冬祭、东篱采菊、刈麦农人、锄豆剥莲中，一窥千百年前的农耕生活。理趣诗篇中，有"他山之石，可以攻玉"的劝诫，有"任尔东西南北风"的坚定，有"自缘身在最高层"的无畏，有"蓦然回首，那人却在，灯火阑珊处"的觉醒。讽喻诗篇中，有贪得无厌的"硕鼠"，有唱《后庭花》的"商女"，有难于上青天的"蜀道"，有浮名换唱的柳永。在咏怀诗中，有北林未见君子的"晨风"，还有不问人情世故的"春色"、夜中外野哀号的"孤鸿"、淘尽千古风流的"大江"，无一不抒发着诗人忧伤的心绪。

通过这9个主题单元的学习,能培养读者吟咏、欣赏,乃至创作古诗文的基本素养。每个单元皆有4篇课文,安排了"吟诗文""知历史"和"诵韵味"3部分,每个单元最后还有单元探究部分,通过经典溯源和活动探究展开拓展训练。

其中,"吟诗文"能让读者简洁高效地掌握吟诵窍门;"知历史"能让读者了解诗词背后的故事;"诵韵味"是对吟诵的简单引导,知道吟咏时所表达的情感、思想与声韵之间的联系,从而让读者吟咏得更走心。

现今最盛行的普通话吟诵也给学习古诗的师生们带来很多益处,本书基于普通话吟诵编写、解读。虽然时过境迁,语言有很大的变化,但吟诵至今仍不失其重要的意义,能让吟诵者在敬心诚意、气韵相通的吟咏过程中,调息养心,涵养性情,学习优秀的传统文化。

本书选择课文,知识性、趣味性、综合性兼而有之,是对统编版教材古诗文教学的链接和补充。

当然,本书在编写过程中也存在许多不足之处,欢迎广大读者朋友们提出宝贵意见,我们将不胜感激,并不断地完善和修改。

编 者
2021 年 11 月

目录

第一单元　爱情诗\001

1　诗经·周南·关雎\ 002
2　迢迢牵牛星\ 005
3　夜雨寄北（李商隐）\ 009
4　一剪梅·红藕香残玉簟秋（李清照）\ 013
单元探究：爱情诗，涵意象，品情趣\ 018

第二单元　送别诗\020

5　诗经·邶风·燕燕\ 021
6　送元二使安西（王维）\ 024
7　送友人（李白）\ 028
8　雨霖铃·寒蝉凄切（柳永）\ 031
单元探究：送别诗，演别境，品真情\ 036

第三单元　羁旅诗\038

9　诗经·小雅·采薇\ 039
10　三衢道中（曾几）\ 044
11　旅夜书怀（杜甫）\ 048
12　苏幕遮·怀旧（范仲淹）\ 052
单元探究：羁旅诗，记行旅，品愁思\ 056

第四单元　边塞诗\058

13　诗经·小雅·出车\ 059
14　塞上听吹笛（高适）\ 064
15　出塞（王昌龄）\ 068
16　渔家傲·秋思（范仲淹）\ 072
单元探究：边塞诗，历边地，品担当\ 076

第五单元　隐逸诗\078

17　诗经·卫风·考槃\ 079
18　山居秋暝（王维）\ 082
19　归园田居·其五（陶渊明）\ 086
20　鹧鸪天·林断山明竹隐墙（苏轼）\ 090
单元探究：隐逸诗，解人生，品逸致\ 094

第六单元　田园诗\096

21　诗经·小雅·信南山\ 097
22　饮酒·其五（陶渊明）\ 101
23　观刈麦（白居易）\ 105
24　清平乐·村居（辛弃疾）\ 109
单元探究：田园诗，画乡土，品闲情\113

第七单元　理趣诗\115

25　诗经·小雅·鹤鸣\ 116
26　竹石（郑燮）\ 119
27　登飞来峰（王安石）\ 123
28　青玉案·元夕（辛弃疾）\ 126
单元探究：理趣诗，格物语，品哲理\ 130

第八单元　讽喻诗\132

29　诗经·魏风·硕鼠\ 133
30　泊秦淮（杜牧）\ 137
31　蜀道难（李白）\ 141
32　鹤冲天·黄金榜上（柳永）\ 148
单元探究：讽喻诗，观时事，品世风\ 153

第九单元　咏怀诗\155

33　诗经·秦风·晨风\ 156
34　岁夜咏怀（刘禹锡）\ 159
35　咏怀八十二首·其一（阮籍）\ 163
36　念奴娇·赤壁怀古（苏轼）\ 166
单元探究：咏怀诗，溯典故，品情怀\ 171

参考文献\173

第一单元 爱情诗

诗经·周南·关雎

一、吟诗文

诗经·周南·关雎

guān guān jū jiū zài hé zhī zhōu
关 关 雎 鸠，在 河 之 洲。

yǎo tiǎo shū nǚ jūn zǐ hǎo qiú
窈 窕 淑 女，君 子 好 逑。

cēn cī xìng cài zuǒ yòu liú zhī
参 差 荇 菜，左 右 流 之。

yǎo tiǎo shū nǚ wù mèi qiú zhī
窈 窕 淑 女，寤 寐 求 之。

qiú zhī bù dé wù mèi sī fú
求 之 不 得，寤 寐 思 服。

yōu zāi yōu zāi zhǎn zhuǎn fǎn cè
悠 哉 悠 哉，辗 转 反 侧。

cēn cī xìng cài zuǒ yòu cǎi zhī
参 差 荇 菜，左 右 采 之。

yǎo tiǎo shū nǚ qín sè yǒu zhī
窈 窕 淑 女，琴 瑟 友 之。

cēn cī xìng cài zuǒ yòu mào zhī
参 差 荇 菜，左 右 芼 之。

yǎo tiǎo shū nǚ zhōng gǔ yào zhī
窈 窕 淑 女，钟 鼓 乐 之。

二、知历史

朱熹《诗集传》中序说道："凡诗之所谓风者，多出于里巷歌谣之作，所谓男女相与咏歌，各言其情者也。"又郑樵《通志·乐略·正声序论》说："《诗》在于声，不在于义，犹今都邑有新声，巷陌竞歌之，岂为其辞义之美哉？直为其声新耳。"朱熹是从诗义方面论述的，郑樵则从声调方面进行解释。《风》是一种用地方声调歌唱的表达男女爱情的歌谣，而《关雎》声、情、文、义俱佳，足以为《风》之始、三百篇之冠。孔子说："《关雎》乐而不淫，哀而不伤。"（《论语·八佾》）此后，人们评《关雎》，皆"折中于夫子"（《史记·孔子世家》）。

三、诵韵味

（一）断文体：判断文体，了解结构

《关雎》是先秦民歌，四言押韵诗歌。

（二）正字音：依字行腔，乐音自成

雎鸠（jū jiū）：一种水鸟。
好逑（hǎo qiú）：好的配偶。
荇（xìng）菜：一种可食的水草。
寤寐（wù mèi）：醒和睡。
芼（mào）：挑选。

（三）品声韵：入短韵长，音韵传情

本诗"淑""不""得""服""侧""乐"等为入声字，发音短促、急切。

诗经为古代民歌，没有严格的格律，因此不完全遵守平仄规律，但是韵的变化传递着深刻的内心情感。整首诗的韵脚变

化，从细腻悠长的闭口音"鸠""洲""女""逑""流""逑""得""服""侧"，到明朗大气的开口音"采""友""芼""乐"，诗意也跟着音韵起伏变化，从关雎鸟鸣叫转为"君子"对"淑女"的爱慕和关注，再以荇菜为全文意象主体推进行文，从"寤寐求之"的"求"字表达爱的热烈之感。从"辗转反侧"中表现出"君子"求而不得的内心挣扎、焦灼，以"在河之洲"的主体意象表现"窈窕淑女"的难求和"君子"对"窈窕淑女"的不懈追求。"君子"的小心翼翼和欣喜若狂，"君子"的自持和激荡皆是对"窈窕淑女"的深刻爱意。韵从低沉到明朗，从"辗转反侧"到"钟鼓乐之"，是爱情发乎情而止于礼的范式。

（四）解诗意：依义行调，文意通达

《关雎》被称为华夏诗国的第一情歌，整首诗清新自然、纯净悠远。曲调意境深远，感情递进清晰。感情真挚，内敛中透露着热情，在大气中体现出"君子"的深情。

迢迢牵牛星

一、吟诗文

迢迢牵牛星

tiáo tiáo qiān niú xīng　jiǎo jiǎo hé hàn nǚ
迢 迢 牵 牛 星，皎 皎 河 汉 女。

xiān xiān zhuó sù shǒu　zhá zhá nòng jī zhù
纤 纤 擢 素 手，札 札 弄 机 杼。

zhōng rì bù chéng zhāng　qì tì líng rú yǔ
终 日 不 成 章，泣 涕 零 如 雨。

hé hàn qīng qiě qiǎn　xiāng qù fù jǐ xǔ
河 汉 清 且 浅，相 去 复 几 许？

yíng yíng yì shuǐ jiān　mò mò bù dé yǔ
盈 盈 一 水 间，脉 脉 不 得 语。

二、知历史

　　牵牛和织女本是两个星宿的名称。关于牵牛和织女的民间故事起源很早。《诗经·小雅·大东》已经写到了牵牛和织女，但还只是作为两颗星来写的。《春秋元命苞》和《淮南子·俶真》开始说织女是神女。而在曹丕的《燕歌行》、曹植的《洛神赋》和《九咏》里，牵牛和织女已成为夫妇了。曹植《九咏》曰"牵牛为夫，织女为妇。织女牵牛之星各处河鼓之旁，七月七日乃得一会"，这是当时最明确的记载。可见汉末三国时期牵牛和织女的故事已经大概定型。《迢迢牵牛星》即依牵牛和织女的故事情节创作而成。

三、诵韵味

（一）断文体：判断文体，了解结构

《迢迢牵牛星》为五言古体诗，遵循起承转合的结构。

（二）正字音：依字行腔，乐音自成

本诗"擢""札""日""不""泣""复""一""脉""得"皆为入声字，发音时短促，顿挫感明显。吟诵时入声字要短促、急切。诗中"机杼"的"杼"今普通话念 zhù。

（三）试节奏：平仄相间，韵律自成

本诗属于古体诗，不用按照格律、节奏来分析。

古体诗的读法不符合近体诗的"平长仄短""平低仄高"这两条要求。为什么呢？近体诗的平仄有规律地交替出现，才形成了平低仄高的吟诵习惯。只有平声能拖长，因此才形成了平长仄短。但在古体诗中平仄出现没有规律，平低仄高就不是必要的了，只要根据诗意依意行调就可以。长短关系也不是那么明显，唐朝以后的古体诗韵短了，整个诗读得快，读得快之后长短之间就差异不大了。所以古体诗的读法基本上是"入短韵长、依字行腔、依意行调"。标记符号的时候，古体诗标记只标记入声字和韵字，其他的字空着。空着的平读，平读就是平平常常地读，不用长短高低去读。

（四）品声韵：入短韵长，音韵传情

（1）韵的运用

这首诗押上声韵，本诗韵字为"女""杼""雨""许""语"。

韵字为上声的音，情感大都细腻、婉转。

（2）其他声韵的运用

第一句"迢迢牵牛星"：

要读得悠长，表现牛郎织女相距之遥远。"皎皎河汉女"中"女"要读得婉转、柔和。

第三、四句"纤纤擢素手，札札弄机杼"：

入声字"擢""札札"读短促，想象织女织布时的姿态。

第五、六句"终日不成章，泣涕零如雨"：

入声字"日""不""泣"读短促，体会织女终日织布却不能成匹的伤感。

第七、八句"河汉清且浅，相去复几许"：

入声字"复"读短促、有力，表达出对分离的控诉。

第九、十句"盈盈一水间，脉脉不得语"：

入声字"一""脉""不""得"的连续使用，应读出哽咽、悲伤之感。

另外，诗中多处使用叠词，"迢迢""皎皎""纤纤""札札""盈盈""脉脉"，这些词不但让诗歌形成旋律上的音乐美感，还使叙事状景更为细腻，所表达的感情也更加哀怨凄美。

（3）意象

水在古诗文意象中有多种象征意。其中之一是象征女性和爱情，暗示缠绵悠长的情感。

（4）主题

思妇怀人。

（五）解诗意：依义行调，文意通达

《迢迢牵牛星》是《古诗十九首》中最美的诗篇之一，状景、叙事、抒情融为一体，感人至深。开头两句描述诗人仰望

星空所见之景，遥远夜空中见到牛郎、织女二星，自然联想到民间传说中牛郎、织女的爱情悲剧。第三到六句细致地描绘了织女的相思之苦。最后四句，作者的视线又回到了夜空之景，社会的动荡不安，让很多夫妻像牛郎和织女一样被迫分离，不得相见。此诗巧借民间传说表现人间夫妻分离的悲苦，叙事完整，构思精巧。

因此，全诗的感情基调是哀怨凄美的。吟诵开始的时候，"迢迢牵牛星，皎皎河汉女"语调可总体低一些，"皎皎河汉女"调往上走，体会织女的细腻柔美。"纤纤擢素手，札札弄机杼"语调变化不大，陈述织女无以排遣的忧愁。"终日不成章，泣涕零如雨"语调逐渐走高，体会织女的哀怨伤感。"河汉清且浅，相去复几许"可稍高，吟出对分离的控诉。"盈盈一水间，脉脉不得语"可低回，其中"脉脉不得语"入声字要短促，吟出织女的哽咽、悲伤。

（六）调气息：静心诚意，气韵相通

吟诵讲究"气——韵——情"，气是第一位的。吟诵诗文必须拖长音，一咏三叹，吐故纳新荡涤污浊之气，所以气息的运用很重要。在吟诵前，静心诚意，让自己以宁静的状态进入诗文的意境。如何静心？用深长的胸腹式呼吸静心。可先找到一个最舒服的姿势坐定或站稳，忽略身边的一切事物，闭眼静心，静静关注自己的呼吸。深深地吸气，慢慢地呼气……舒适放松地进入诗文的意境、诗人的情韵。在吟诵时，保持均匀的胸腹式呼吸，让呼吸的节奏与诗文的意境、节奏协调统一。

本诗吟诵时气息中传递出浓浓的哀愁、控诉情绪。

夜雨寄北（李商隐）

一、吟诗文

夜雨寄北

（唐）李商隐

君问归期未有期，

巴山夜雨涨秋池。

何当共剪西窗烛，

却话巴山夜雨时。

二、知历史

在南宋洪迈编的《万首唐人绝句》里，这首诗的题目为《夜雨寄内》，表明诗是寄给妻子的。他们认为，李商隐于大中五年（851年）七月赴东川节度使柳仲郢梓州幕府，而王氏在这一年的夏秋之交病故，李商隐过了几个月才得知妻子的死讯。现传李诗各本题作《夜雨寄北》，"北"就是北方的人，可以指妻子，也可以指朋友。有人经过考证认为它作于作者的妻子王氏去世之后，因而不是"寄内"诗，而是写赠长安友人的。就诗的内容看，按"寄内"解，便情思委曲，悱恻缠绵；作"寄北"看，便嫌细腻恬淡，未免纤弱。

三、诵韵味

（一）断文体：判断文体，了解结构

《夜雨寄北》是晚唐诗人李商隐在异乡巴蜀写以寄怀的一首抒情七言绝句，遵循起承转合的结构。

（二）正字音：依字行腔，乐音自成

本诗"烛""却"为入声字，发音时短促，顿挫感明显。根据字音走向，依字行腔，便能形成基本吟诵调。

（三）试节奏：平仄相间，韵律自成

根据格律诗"五言三重，七言五重，句句皆有重音"的吟诵规则，可见诗中"未""涨""西""夜"是重音。吟诵时依据诗的平仄，运用"平低仄高"的吟诵基本规则，便能吟出诗文轻重、高低、长短之变化，体会其乐音之美。按平长仄短的规则，本诗第一句"期"字长吟；第二句"山"字长吟；第三句"窗"字长吟；第四句依然是"山"字长吟。

（四）品声韵：入短韵长，音韵传情

（1）韵的运用

本诗押上平"四支"韵，即"i"这个韵，非常细腻。"支"，支流和干流，支是细小的感觉。此韵有"枝""移""垂""吹""皮""丝""思""痴""离"等发音很细很薄的音，韵字分别是"期""池""时"，诗中传达的即是连绵的孤寂与深情。

（2）其他声韵的运用

第一句"君问归期未有期"：

长表示延展：平声字"期"与韵脚"期"皆拖长音读，"期"字两见，一为妻问，一为己答；妻问促其早归，己答叹归期无准。两字拖长，延展的是时间之长。

高表示强调：仄声字"问""未有"高音重读，其羁旅之愁与不得归之苦，跃然纸上。

第二句"巴山夜雨涨秋池"：

高表示强调："夜雨"字高读，强调长夜漫漫，秋雨绵绵。"涨"重读，明确池中水满，思念满溢，愁苦亦满溢。

长表示延展：平声字"山"字拖长，有山高水远之意。韵字"池"长吟，延展的是不尽的思念。

第三句"何当共剪西窗烛"：

高表示强调：仄声字"共剪"高读，是由当前苦况所发对于未来欢乐的憧憬，乃强调思归之切。入声字"烛"短促，有哽咽之感。

长表示延展：平声字"当""窗"长吟，延展的是期盼重逢的绵绵情思。

第四句"却话巴山夜雨时"：

高表示强调：仄声字"夜雨"高读，强调盼望与妻（友）共话巴山夜雨，而此时却充溢着"独听巴山夜雨"而无人共语的苦闷。入声字"却"短促顿挫，有凝噎之感。

长表示延展："山""时"二字长吟，体味诗人雨夜独剪残烛，夜深不寐，郁闷、孤寂之心境。

（3）意向

"巴山"原指巴蜀一带，意寓荒蛮之地。"西窗"是古代房屋的厢房窗户，朝西，古人常坐此处读书、弹琴、会友，是高雅韵味的意象。"剪烛"意寓亲人相聚，促膝夜谈。

（4）主题

羁旅情愁。

（五）解诗意：依义行调，文意通达

李商隐此诗情真意切，缠绵悱恻。首句点题，诉离别之苦，思念之切，相聚无期。次句是诗人告诉妻子（友人）自己身居的环境和心情。秋山雨夜，池水满塘，诗人独自倚床凝思。三、四句是对未来团聚时的美好想象。满腹的寂寞思念，唯寄将来。诗中闭口音比较多，情思悱恻。一、二、四句基本上都是闭口音，而第三句开口音多，形成了四句之间"闭闭开闭"起承转合的关系。尤其是"当""窗"二字开口度极大，那是诗人对美好未来的呼唤。且"何当"紧扣"未有期"，有力地表现了作者思归的急切心情。因此，本诗第三句语调为最高。另"巴山夜雨"首末重复出现，回环往复，回肠荡气。

（六）调气息：静心诚意，气韵相通

吟诵时需先调匀呼吸，平心静气，深情吟出切切相思意。

一剪梅·红藕香残玉簟秋（李清照）

一、吟诗文

一剪梅·红藕香残玉簟秋
（宋）李清照

　　　　_　｜　_　__　！　｜　___
　　　hóng ǒu xiāng cán yù diàn qiū
　　　　红　藕　香　残　玉　簟　秋。

　　　　_　｜　_　__　！　｜　_
　　　qīng jiě luó cháng　dú shàng lán zhōu
　　　　轻　解　罗　裳，独　上　兰　舟。

　　　　_　_　_　｜　｜　_
　　　yún zhōng shuí jì jǐn shū lái
　　　　云　中　谁　寄　锦　书　来？

　　　　｜　｜　_　__　！　｜　___
　　　yàn zì huí shí　yuè mǎn xī lóu
　　　　雁　字　回　时，月　满　西　楼。

　　　　_　｜　_　__　｜　｜　_
　　　huā zì piāo líng shuǐ zì liú
　　　　花　自　飘　零　水　自　流。

　　　　！　｜　_　__　｜　_
　　　yì zhǒng xiāng sī　liǎng chù xián chóu
　　　　一　种　相　思，两　处　闲　愁。

　　　　｜　_　__　｜　｜　__
　　　cǐ qíng wú jì kě xiāo chú
　　　　此　情　无　计　可　消　除，

cái xià méi tóu　què shàng xīn tóu
才　下　眉　头，却　上　心　头。

二、知历史

根据李清照带有自传性的《金石录后序》所言，李清照嫁与赵明诚，婚后伉俪之情甚笃，有共同的兴趣爱好。而后其父李格非在党争中蒙冤，李清照亦受到株连，被迫还乡，与丈夫时有别离。这不免勾起她的许多思念之情，也以此写下了多首词篇，这首《一剪梅》是其中的代表作。

此词通过女词人独特的感受和体验另辟蹊径地揭示出女子多愁善感的心理共性，既有精微的审美体验，又有精妙的审美传达，堪称一首工致精巧的别情佳作。

三、诵韵味

（一）断文体：判断文体，了解结构

词大致可分小令（58字以内）、中调（59~90字）和长调（91字以上，最长的词达240字）。

《一剪梅》为宋词，是一首中调。

因周邦彦词起句有"一剪梅花万样娇"，乃取前三字为调名。其为双调，60字。《词谱》以周邦彦、吴文英词为正体。

周词为上下片各六句，三平韵，即起句、第三句和结句用韵；梦窗词为上下片各六句，四平韵，即起句、三、四句和结句用韵。

另一体为每句用韵，如蒋捷、张炎词。另有五十八字、五十九字两体。此调以一个七言句带两个四言句，节奏明快。

本词分为上下两阕。结构上为内敛式，移情入景、外在情境加内在情绪，三者皆而有之。

（二）正字音：依字行腔，乐音自成

本词"玉""独""月""一""却"皆为入声字，顿挫感明显，吟诵时要短促、急切。根据字音走向，依字行腔，便能形成基本吟诵调。

（三）试节奏：平仄相间，韵律自成

本词吟诵时根据平仄之声，运用"平低仄高"的吟诵规则尝试吟诵，亦能吟出本词的轻重、高低长短之变化，体会到词的乐音之美感。

（四）品声韵：入短韵长，音韵传情

（1）韵的运用

这首词上下阕中用的都是词林正韵第十二部"十一尤"，这是一个悠远绵长的韵。词中韵字有"秋""舟""楼""流""愁""头"。此韵在本词中传递的是徘徊寂寥又低回的情绪。

（2）其他声韵的运用

① 上阕：

第一句"红藕香残玉簟秋"：

平声字"残"长读，韵字"秋"拖长，体会荷花凋零、竹席带着秋的凉意的幽美之景，以及词人秋来情更长的孤凉之感。"玉"为入声字，要短促。

第二句"轻解罗裳，独上兰舟"：

仄声字"独上"二字高吟，暗示处境，强调离情。入声字"独"尤其短促。平声字"裳"长读，韵字"舟"拖长诵读，延

长的是词人一人乘舟的寂寥。

第三句"云中谁寄锦书来"：

"谁寄"高读，强调无人寄锦书。

尾句"雁字回时，月满西楼"：

平声字"时"长读，韵字"楼"拖长诵读，延长的是时间之长，月圆人不圆的愁思。入声字"月"短促顿挫。

② 下阕：

第一句"花自飘零水自流"：

平声字"飘零"长读，韵字"流"拖长诵读，延长的是时间，体会词人长时间的别离，年华渐逝、人生苦短、独自凄凉无奈的惆怅。

第二句"一种相思，两处闲愁"：

仄声字"一种""两处"高读，强调相互思念之苦。韵字"愁"拖长诵读，延长的是思念之愁多。

第三句"此情无计可消除"：

仄声字"计"高吟，强调无奈之苦。

尾句"才下眉头，却上心头"：

这句使用了互文手法。其中"才下眉头"和"却上心头"都是前仄后平，旋律是前高后低，强调的是"才下"与"却上"，相思之情无时无刻不在。"眉头"与"心头"长吟，延长的是时间，体会思念之情一直在眉头与心头缠绕。

（3）意象

"秋""月"意寓回家团圆。"雁"意寓游子的消息。

（4）主题

相爱相思。

（五）解词意：依义行调，文意通达

上阕从点染清秋而起，营造出清秋白日词人独自泛舟，遥

远云天，翘首盼望丈夫寄来书信，却不承想转眼已是夜月满西楼的孤独寂寥的意境。

下阕直抒胸臆，词人笃定丈夫此时也在远方思念着自己，但相爱却无法相守，这种痛苦萦绕在词人与丈夫心间，表露在两人的眉间。

吟诵时要重点把握李清照与丈夫被迫离别后，借冷寂凄清的悲凉意境来表达其"盈思念于心，表寂寞于吟"的离别思念之情。

(六) 调气息：静心诚意，气韵相通

吟诵时需先调匀呼吸，平心静气。于一呼一吸之间，舒缓高低之中，传递出词人与丈夫离别后的寂寞情思。

单元探究：爱情诗，涵意象，品情趣

一、经典溯源

子曰：《关雎》，乐而不淫，哀而不伤。

——《论语·八佾》

君子之道费而隐。夫妇之愚，可以与知焉，及其至也，虽圣人亦有所不知焉。夫妇之不肖，可以能行焉，及其至也，虽圣人亦有所不能焉。天地之大也，人犹有所憾。故君子语大，天下莫能载焉；语小，天下莫能破焉。《诗》云："鸢飞戾天，鱼跃于渊。"言其上下察也。君子之道，造端乎夫妇，及其至也，察乎天地。

——《中庸》

二、活动探究

（一）活动主题

浪漫诗文朗诵。

（二）活动目标

① 了解古诗的创作背景，收集牛郎织女、李商隐、李清照的爱情故事。
② 通过经典解读，了解儒家的爱情、家庭、伦理观念。
③ 通过朗诵活动，学习朗诵技巧，体会诗文表达的情感。
④ 通过整个活动，建立自己对爱情的理解，建立正确的人生观、价值观。

(三) 活动流程

① 朗诵比赛前一周，布置任务，3天时间分小组收集资料，每个小组收集历史上的爱情故事（详细查找牛郎织女、李商隐、李清照的故事）。深度了解古诗的创作背景，并形成文字，进行分享。

② 朗诵技巧训练，4天训练实践，第2周分组朗诵比赛。

(四) 活动评价

小组名称							
小组成员							
活动阶段	分值	评分标准	分值	自评	互评	师评	
知识储备展示过程	50	资料搜集，小组分工明确，团结合作	15				
		记录工整、有序，逻辑清晰	20				
		汇报呈现方式多样，表达清晰，团队风貌好，语言流畅	15				
朗诵比赛	50	服装道具	15				
		朗诵情感	15				
		成长评价	20				
合计得分							

第二单元 送别诗

5　诗经·邶风·燕燕

一、吟诗文

诗经·邶风·燕燕

yàn yàn yú fēi　cī chí qí yǔ
燕　燕　于　飞，差　池　其　羽。

zhī zǐ yú guī　yuǎn sòng yú yě
之　子　于　归，远　送　于　野。

zhān wàng fú jí　qì tì rú yǔ
瞻　望　弗　及，泣　涕　如　雨。

yàn yàn yú fēi　xié zhī háng zhī
燕　燕　于　飞，颉　之　颃　之。

zhī zǐ yú guī　yuǎn yú jiāng zhī
之　子　于　归，远　于　将　之。

zhān wàng fú jí　zhù lì yǐ qì
瞻　望　弗　及，伫　立　以　泣。

yàn yàn yú fēi　xià shàng qí yīn
燕　燕　于　飞，下　上　其　音。

zhī zǐ yú guī　yuǎn sòng yú nán
之　子　于　归，远　送　于　南。

zhān wàng fú jí　shí láo wǒ xīn
瞻　望　弗　及，实　劳　我　心。

zhòng shì rèn zhǐ， qí xīn sè yuān
仲　氏任只，其心塞渊。

zhōng wēn qiě huì， shū shèn qí shēn
终　温且惠，淑慎其身。

xiān jūn zhī sī， yǐ xù guǎ rén
先　君之思，以勖寡人。

二、知历史

清代王士禛称其为："万古送别之祖。"(《带经堂诗话》)《毛诗序》记载是"《燕燕》，卫庄姜送归妾也"。这个说法为多数解诗者所采信。据《左传·隐公》三及四年的纪事，卫庄公夫人庄姜无子，以庄公妾陈女戴妫之子完为己子。庄公死，完即位，为州吁所杀。戴妫以子被杀归陈，此是大归，即归而不再回卫，庄姜相送而作此诗。《诗三家义集疏》引《鲁诗》说此诗写卫定公的夫人定姜的事。定姜的儿子去世，儿媳没有子女，服丧三年后，定姜把她送回娘家。临别挥泪垂涕，写下了这首诗。另有说法认为此诗写卫国国君送其二妹远嫁。

三、诵韵味

（一）断文体：判断文体，了解结构

《燕燕》是先秦民歌，四言押韵诗歌。

（二）正字音：依字行腔，乐音自成

差（cī）池（chí）其羽：义同"参差"，燕子张舒其尾翼。
颉（xié）：上飞。
颃（háng）：下飞。
将（jiāng）：送。
伫：久立等待。
仲：兄弟或姐妹中排行第二者。指二妹。
任：信任。
塞（sè）：诚实。
渊：深厚。
勖（xù）：勉励。

（三）品声韵：入短韵长，音韵传情

诗中"弗""及""泣""颉""伫""立""实""只""塞""淑""勖"为入声字，吟时短促、急切。

韵脚变化，分别是"飞""羽""毛""归""野""雨""颃""将""音""南""心""渊""身""人"，有隔句押韵和连句押韵的，吟起来有顿挫，情绪起伏又回旋反复，更能够表达诗的意境。

（四）解诗意：依义行调，文意通达

全诗四章，前三章重章渲染惜别情境，后一章深情回忆被送者的美德。抒情深婉而语意沉痛，写人传神而敬意顿生。

6 送元二使安西（王维）

一、吟诗文

送元二使安西
（唐）王维

| ㄧ　＿　＿　｜　！　＿　＿
wèi chéng zhāo yǔ yì qīng chén
渭　城　朝　雨　浥　轻　尘，

！　｜　＿　＿　｜　！
kè shè qīng qīng liǔ sè xīn
客　舍　青　青　柳　色　新。

｜　＿　｜　｜　！　＿　｜
quàn jūn gèng jìn yì bēi jiǔ
劝　君　更　尽　一　杯　酒，

＿　！　＿　＿　｜　＿
xī chū yáng guān wú gù rén
西　出　阳　关　无　故　人。

二、知历史

　　此诗是王维送朋友去西北边疆时作的诗，后有乐人谱曲，名为"阳关三叠"，又名"渭城曲"，大约作于安史之乱前。这首诗所描写的是一种最有普遍性的离别。它没有特殊的背景，而自有深挚的惜别之情，这就使它适合于绝大多数离筵别席演唱，后来编入乐府，成为最流行、传唱最久的歌曲之一。

三、诵韵味

（一）断文体：判断文体，了解结构

《送元二使安西》为平起的七言绝句。遵循起承转合的结构。

（二）正字音：依字行腔，乐音自成

本诗"浥""客""色""一""出"皆为入声字，顿挫感明显，吟诵时要短促、急切。根据字音走向，依字行腔，便能形成基本吟诵调。本诗为平起，但是两联之间失粘，即两联的平仄格律是一样的，谓之折腰体。所以，吟诵时要注意不可以一般的平起七绝吟诵调对待，而要重复使用第一联的吟诵调。

（三）试节奏：平仄相间，韵律自成

根据格律诗"五言三重，七言五重，句句皆有重音"的吟诵规则，本诗"浥""柳""一""无"四字应稍重。按平长仄短的规则吟诗，会发现本诗第一句第二个字"城"长吟，第二句第四个字"青"长吟，第三句仍然第二个字"君"长吟，第四句第四个字"关"长吟。

（四）品声韵：入短韵长，音韵传情

（1）韵的运用

这首诗押上平"十一真"韵，诗韵中等开口接前鼻音，有深入、接近的感觉。韵字有"真""因""辛""新""晨""人""尘""身""陈"等，本诗韵字为：尘、新、人。

（2）其他声韵的运用

第一句"渭城朝雨浥轻尘"：

高表示强调：仄声字"雨"高声，强调晨雨的清新之感。

入声字"浥"读短促、轻快。平声字"轻"，韵字"尘"拖长，延长的是春日清晨的微雨细小，悄无声息，滋润大地的感觉。

第二句"客舍青青柳色新"：

长表示延展：韵字"新"拖长诵读，延展的是客舍青青、杨柳翠绿的美丽画面。入声字"客""色"要读得短促、轻快，出口即收。

第三句"劝君更尽一杯酒"：

长表示延展：平声字"君"拖长诵读，表达出诗人对友人依依不舍的情感。

入声字"一"读得短促，出口即收。

高表示强调："更尽""酒"高读，强调这一杯又一杯的酒中的深情。

第四句"西出阳关无故人"：

长表示延展：平声字"关"长读，延展的是路途的遥远与艰难，韵字"人"拖长诵读，体会与好友分别时的不舍与担忧。

入声字"出"读短促、顿挫。

（3）意象

"柳树"在古诗文意象中代表离别的愁绪；"酒"为别离诗词的意象之一。

（4）主题

唱和酬答。

（五）解诗意：依义行调，文意通达

此诗渲染了离愁别绪，并具体到诗人对朋友的挽留与不舍、依恋与担忧、劝慰与勉励……这些复杂的情绪都融入这杯酒之中。

因此，吟诵时，第一句"渭城朝雨浥轻尘"起调稍高，突出春意，反衬离愁。第二句"客舍青青柳色新"承接上句稍低，语调可稍婉转，体会春日美景。第三句"劝君更尽一杯酒"稍

高,与第一句吟诵调相同,体会浓浓友情尽在酒中。第四句"西出阳关无故人"再次降低语调,感悟依依不舍的离愁别绪。

(六)调气息:静心诚意,气韵相通

吟诵时气息中传递出诗人对友人的不舍之情,同时也传递出出关者的豪迈之情。

7 送友人（李白）

一、吟诗文

送友人

（唐）李白

qīng shān héng běi guō, bái shuǐ rào dōng chéng.
青　山　横　北　郭，白　水　绕　东　城。

cǐ dì yì wéi bié, gū péng wàn lǐ zhēng.
此　地　一　为　别，孤　蓬　万　里　征。

fú yún yóu zǐ yì, luò rì gù rén qíng.
浮　云　游　子　意，落　日　故　人　情。

huī shǒu zì zī qù, xiāo xiāo bān mǎ míng.
挥　手　自　兹　去，萧　萧　班　马　鸣。

二、知历史

作者送友人，送客地点多在城东尧祠一带，此地是水陆通衢，交通要冲，又多酒肆，便于宴饮饯别，加之景色宜人，易发诗兴。《送友人》亦写在尧祠前泗水边的石门路上。北望二十公里处九仙山嶂列，合"青山横北郭"。泗水从曲阜向西流来，入兖州境即转向南，又朝西南流，是谓"白水绕东城"。

三、诵韵味

（一）断文体：判断文体，了解结构

《送友人》为平起的五言律诗，遵循起承转合的结构。

（二）正字音：依字行腔，乐音自成

本诗"北""郭""白""一""别""落""日"皆为入声字，顿挫感明显，吟诵时入声字要短促、急切，根据字音走向，依字行腔，便能形成基本吟诵调。

（三）试节奏：平仄相间，韵律自成

根据格律诗"五言三重，七言五重，句句皆有重音"的吟诵规则，可见诗中"横""绕""一""万""游""故""自""班"是重音。按平长仄短的规则吟诗，诗中"山""东""为""蓬""云""人""兹""萧"长吟。

（四）品声韵：入短韵长，音韵传情

（1）韵的运用

本诗押平声"八庚"韵。"庚"韵在古代的开口度较大，最接近阳韵，但是其中的字今天基本上都是 eng 或者 ing 韵母，如"横""惊""兵""鸣""行""征"等，原来都是比较大气硬朗的含意。诗中韵字为：城、征、情、鸣，在诗中展示的是雄壮开阔的意韵。

（2）其他声韵的运用

首联"青山横北郭，白水绕东城"：

长表示延展：平声字"山""东"，韵字"城"长吟，山高水远，体会诗人惜别之长情。

入声字"北""郭""白"吟得短促有力，勾勒的景色很壮观。

颔联"此地一为别，孤蓬万里征"：

长表示延展：平声字"为""蓬"，韵字"征"长吟，延展

的是诗人对友人的深切关怀。

入声字"一""别"短促顿挫，有不舍之感。

高表示强调：仄声字"此地""万里"高声，强调离别意。

颈联"浮云游子意，落日故人情"：

高表示强调：仄声字"子"高读，入声字"落日"亦为仄声短促且高声，强调不舍。

长表示延展："云""人""情"字长吟，体味诗人与友人之深情。

尾联"挥手自兹去，萧萧班马鸣"：

长表示延展：平声字"兹""萧"字长吟，韵字"鸣"长吟，延展的是缱绻离情。

（3）意象

诗人通过青山、北郭、白水、东城、孤蓬、浮云、落日、班马等意象表达依依惜别情。

（4）主题

唱和酬答，朋友互励。

（五）解诗意：依义行调，文意通达

这是一首情意深长的送别诗，作者通过送别环境的刻画、气氛的渲染，表达出依依惜别之意。落笔如行云流水，诗人巧用"浮云""落日"作比，来表明心意；以明山秀水、红日西照作背景，情景交融，扣人心弦。尾联言马不愿离伴，萧萧长鸣。马犹如此，人何以堪！李白化用古典诗句，著一"班"字，烘托出缱绻情义，可谓鬼斧神工。因此，全诗尾联语调可高亢悠远、意味深长。

（六）调气息：静心诚意，气韵相通

吟诵时需先调匀呼吸，平心静气。吟诵时从气息中传递出难舍难离、依依惜别之情。

8　雨霖铃·寒蝉凄切（柳永）

一、吟诗文

雨霖铃·寒蝉凄切
（宋）柳永

‾　‾　‾ ！　｜　‾　‾　｜
hán chán qī qiè　duì cháng tíng wǎn
寒　蝉　凄　切，对　长　亭　晚，

｜　｜　‾ ！　‾　‾　｜　｜　‾ ｜
zhòu yǔ chū xiē　dōu mén zhàng yǐn wú xù
骤　雨　初　歇。都　门　帐　饮　无　绪，

‾　｜　｜　‾　‾　‾ ！
liú liàn chù　lán zhōu cuī fā
留　恋　处，兰　舟　催　发。

！ ｜　‾　｜　｜　｜　｜　‾　｜　‾ ！
zhí shǒu xiāng kàn lèi yǎn　jìng wú yǔ níng yē
执　手　相　看　泪　眼，竟　无　语　凝　噎。

｜　｜　｜　‾　｜　‾
niàn qù qù　qiān lǐ yān bō
念　去　去，千　里　烟　波，

｜　｜　‾　‾　｜　‾ ！
mù ǎi chén chén chǔ tiān kuò
暮　霭　沉　沉　楚　天　阔。

‾　‾　｜　｜　‾　‾ ！　｜　｜　‾
duō qíng zì gǔ shāng lí bié　gèng nà kān
多　情　自　古　伤　离　别，更　那　堪，

lěng luò qīng qiū jié　jīn xiāo jiǔ xǐng hé chù
冷　落　清　秋　节！今　宵　酒　醒　何　处？

yáng liǔ àn　xiǎo fēng cán yuè
杨　柳　岸，晓　风　残　月。

cǐ qù jīng nián　yīng shì liáng chén hǎo jǐng xū shè
此　去　经　年，应　是　良　辰　好　景　虚　设。

biàn zòng yǒu qiān zhǒng fēng qíng
便　纵　有　千　种　风　情，

gèng yǔ hé rén shuō
更　与　何　人　说？

二、知历史

柳永因作词忤仁宗，遂"失意无俚，流连坊曲"，为歌伶乐伎撰写曲子词。此词当为柳永从汴京南下时与一位恋人的惜别之作。这首词影响很大，是宋元时期广泛流传的"宋金十大曲"之一。宋元笔记里记载了有关这首词的种种传说。金元杂剧、散曲引用词中句子或运用其语意的非常多。董西厢"长亭送别"一段，写张生、莺莺在清秋季节里离别，以及张生别后酒醒梦回时的凄凉情景，艺术构思上可以看出这首词对它的影响。

三、诵韵味

（一）断文体：判断文体，了解结构

《雨霖铃·寒蝉凄切》为宋词，是一首中调。

《雨霖铃》唐时为教坊曲，宋改制新曲，用作词调。王灼《碧鸡漫志》卷五中记载："《明皇杂录》及《杨妃外传》云：'帝幸蜀，初入斜谷，霖雨弥旬。栈道中闻铃声，帝方悼念贵妃，采其声为《雨淋铃曲》以寄恨。'"该词是双调，分上下阕，亦是长调。

（二）正字音：依字行腔，乐音自成

本词有换韵，大多押词林正韵仄声韵"九屑"，韵字"切""歇""发""执""噎""阔""别""落""节""月""设""说"皆为入声字，顿挫感明显，吟诵时要短促、急切。根据字音走向，依字行腔，便能形成基本吟诵调。

（三）试节奏：平仄相间，韵律自成

本词吟诵时根据平仄之声，运用"平低仄高"的吟诵规则尝试吟诵，亦能吟出本词的轻重、高低长短之变化，体会到词的乐音之美感。

（四）品声韵：入短韵长，音韵传情

（1）韵的运用

这首词上下片各五仄韵，多用入声韵。入声韵多有顿挫凝塞之感。此韵在本词中传递出的是凄凉伤感的离愁别绪。

（2）其他声韵的运用

① 上阕：

第一句"寒蝉凄切，对长亭晚，骤雨初歇"：

入声字"切""歇"亦为仄声字，还是韵字，吟诵中短促

顿挫、高声，强调体会词人别离时的凄凉之感。平声字"蝉""长"长吟，体会词人浓浓的别绪。

第二句"都门帐饮无绪，留恋处，兰舟催发"：

入声字"发"亦为韵字，高声短促，强调不得不别离。

第三句"执手相看泪眼，竟无语凝噎"：

仄声字"执手""泪眼""凝噎"高声，强调伤心失魂到了极点，入声字"执""噎"短促有哽咽之感。

第四句"念去去、千里烟波，暮霭沉沉楚天阔"：

此句仄声字和闭口音居多，强调词人内心的苦闷。平声字"波""沉""天"延长，体会愁思绵绵不绝。

② 下阕：

第一句"多情自古伤离别，更那堪、冷落清秋节"：

平声字"情""离""堪""秋"长读，延展的是离别后的思念之情。入声字"别""节"亦是韵字，短促顿挫，有愁思凝塞之感。

第二句"今宵酒醒何处，杨柳岸、晓风残月"：

仄声字"处""岸""月"高声强调酒醒之后愁更愁。

第三句"此去经年，应是良辰好景虚设"：

平声字"年"延长，体会分别时间之长。

第四句"便纵有、千种风情，更与何人说"：

入声字"说"亦是韵字，短促顿挫声中有寂寥伤感之意。

（3）意象

寒蝉、长亭、骤雨、烟波、杨柳、晓风、残月、酒：意寓离愁别绪。

（4）主题

送别诗。

（五）解词意：依义行调，文意通达

上阕正面写一对恋人离别时依依不舍。利用意象点明时令与地点，同时营造出一种暮霭烟波中，舟船泪别的不舍氛围。

下阕写恋人别后良辰好景皆成虚设。通过离别前与离别后的对比，突出恋人之间的感情缠绵，爱意之深。

吟诵时，整体要轻缓、低沉。但也要注意起句和尾句的短促。通过对画面的想象，重点把握其离别前、时、后所表露出的缠绵悱恻的留恋不舍与伤心。

（六）调气息：静心诚意，气韵相通

吟诵时需先调匀呼吸，平心静气。于一呼一吸之间，长短高低之中，传递出作者凄凉伤感之意。

单元探究：送别诗，演别境，品真情

一、经典溯源

鲁南宫敬叔言鲁君曰："请与孔子适周。"鲁君与之一乘车，两马，一竖子俱，适周问礼，盖见老子云。辞去，而老子送之曰："吾闻富贵者送人以财，仁人者送人以言。吾不能富贵，窃仁人之号，送子以言，曰：'聪明深察而近于死者，好议人者也。博辩广大危其身者，发人之恶者也。为人子者毋以有己，为人臣者毋以有己。'"孔子自周反于鲁，弟子稍益进焉。

——《史记·孔子世家》

二、活动探究

（一）活动主题

穿越古代去送别（话剧表演）。

（二）活动目标

① 深度了解离别诗歌创作背景、诗歌的内涵与情感。
② 了解撰写剧本的知识，自编离别情景剧剧本。
③ 人生总有别离，正确面对人生的离别。

（三）活动流程

① 分小组选择离别故事，查找相关故事，收集相关资料，自编剧本。
② 分角色扮演离别情景。
③ 每个组分享活动感想。

(四)活动评价

小组名称						
小组成员						
活动阶段	分值	评分标准	分值	自评	互评	师评
剧本编写	50	资料搜集,小组分工明确,团结合作	15			
		人物特点掌握精准	20			
		剧本情节完善,符合史实	15			
情景剧	50	服装道具	15			
		学生角色演绎	15			
		成长评价	20			
		合计得分				

第三单元 羁旅诗

9 诗经·小雅·采薇

一、吟诗文

诗经·小雅·采薇

采薇采薇，薇亦作止。
日归日归，岁亦莫止。
靡室靡家，玁狁之故。
不遑启居，玁狁之故。

采薇采薇，薇亦柔止。
日归日归，心亦忧止。
忧心烈烈，载饥载渴。

wǒ shù wèi dìng　mǐ shǐ guī pìn
我 戍 未 定，靡 使 归 聘。

cǎi wēi cǎi wēi　wēi yì gāng zhǐ
采 薇 采 薇，薇 亦 刚 止。

yuē guī yuē guī　suì yì yáng zhǐ
曰 归 曰 归，岁 亦 阳 止。

wáng shì mǐ gǔ　bù huáng qǐ chǔ
王 事 靡 盬，不 遑 启 处。

yōu xīn kǒng jiù　wǒ xíng bù lái
忧 心 孔 疚，我 行 不 来！

bǐ ěr wéi hé　wéi cháng zhī huā
彼 尔 维 何？维 常 之 华。

bǐ lù sī hé　jūn zǐ zhī chē
彼 路 斯 何？君 子 之 车。

róng chē jì jià　sì mǔ yè yè
戎 车 既 驾，四 牡 业 业。

qǐ gǎn dìng jū　yí yuè sān jié
岂 敢 定 居？一 月 三 捷。

jià bǐ sì mǔ　sì mǔ kuí kuí
驾 彼 四 牡，四 牡 骙 骙。

jūn zǐ suǒ yī　xiǎo rén suǒ féi
君子所依，小人所腓。

sì mǔ yì yì　xiàng mǐ yú fú
四牡翼翼，象弭鱼服。

qǐ bú rì jiè　xiǎn yǔn kǒng jí
岂不日戒？猃狁孔棘！

xī wǒ wǎng yǐ　yáng liǔ yī yī
昔我往矣，杨柳依依。

jīn wǒ lái sī　yǔ xuě fēi fēi
今我来思，雨雪霏霏。

xíng dào chí chí　zài kě zài jī
行道迟迟，载渴载饥。

wǒ xīn shāng bēi　mò zhī wǒ āi
我心伤悲，莫知我哀！

二、知历史

《采薇》选自《诗经·小雅》，是戍边战士在返乡途中抒发感慨之作。《小雅·采薇》一诗对后世文学产生了较大影响。此诗无论是人物形象、内容取材还是构思写法，都对后世作品提供了借鉴的范例，如杜甫的《前出塞九首》和《后出塞五首》

等；在后来的如陈陶《陇西行》、范仲淹的《渔家傲·秋思》等作品里，也能依稀地听到这首诗在时间和生命的河流里所激起的辽远而空旷的回音。而"昔往""今来"对举的句式，则屡为诗人追摹，如曹植"始出严霜结，今来白露晞"（《情诗》），颜延之"昔辞秋未素，今也岁载华"（《秋胡诗》），等等。

三、诵韵味

（一）断文体：判断文体，了解结构

《采薇》是先秦民歌，四言押韵诗歌。

（二）正字音：依字行腔，乐音自成

薇：豆科野豌豆属的一种，学名救荒野豌豆，又叫大巢菜，种子、茎、叶均可食用。

作：指薇菜冒出地面。

不遑（huáng）：不暇。

玁（xiǎn）狁（yǔn）：中国古代少数民族名。

聘（pìn）：问候的音信。

骙（kuí）：雄强，威武。这里的骙骙是指马强壮的意思。

翼翼：整齐的样子。谓马训练有素。

弭（mǐ）：弓的一种，其两端饰以骨角。

棘（jí）：急。孔棘，很紧急。

（三）品声韵：入短韵长，音韵传情

入声字"亦""曰""作""莫""室""不""烈""渴""业""一""月""捷""翼""服""棘""昔""雪"吟诵声音短促，急切。

"采薇采薇""薇亦作止""曰归曰归""岁亦莫止"皆是间

字一个入声字的句式，开篇便定格了这首诗的节奏，奠定了全诗悲凉的情感基调。"薇"与"归"押韵，"止"与"止"押韵，形成交错，吟出顿挫感。"忧心烈烈"转入声韵，"载饥载渴"情绪激烈痛苦，"我戍未定，靡使归聘"低收结束，更显悲伤，下一节情绪愈发低落。"维棠之华"更添乡愁，而后过渡到"君子之车"，情绪发生变化。"戎车既驾，四牡业业"两个入声字整齐有力，整段旋律上升。"驾彼四牡，四牡骙骙"，写马的高大雄壮。"君子所依，小人所腓"饱含深情，旋律下降。然后换入声韵，决绝而坚定，进入整诗高潮。最后"昔我往矣——，杨柳依依——"逐句用韵，速度变慢，表达深深的悲凉。

（四）解诗意：依义行调，文意通达

这首诗描绘了一个画面：寒冬、阴雨霏霏、雪花纷纷，一位解甲退役的征夫在返乡途中踽踽独行。道路崎岖，又饥又渴；但边关渐远，乡关渐近。此刻，他遥望家乡，抚今追昔，不禁思绪纷繁，百感交集。艰苦的军旅生活，激烈的战斗场面，无数次的登高望归情景，一幕幕在眼前重现。此诗就是三千年前这样的一位久戍之卒，在归乡途中的追忆唱叹之作。这种思乡的人境，后世成为了羁旅之人、归乡之卒的常态，逐渐形成了古代诗歌中"羁旅情愁"的特殊主题。

10 三衢道中（曾几）

一、吟诗文

三衢道中

（宋）曾几

méi zǐ huáng shí rì rì qíng
梅子黄时日日晴，

xiǎo xī fàn jìn què shān xíng
小溪泛尽却山行。

lǜ yīn bù jiǎn lái shí lù
绿阴不减来时路，

tiān dé huáng lí sì wǔ shēng
添得黄鹂四五声。

二、知历史

曾几，南宋诗人。字吉甫，号茶山居士。本诗描写了梅子成熟时节诗人游三衢山的见闻感受，展现了浙西山区明媚清丽的风光。曾几为人正直，勤于政事，学识渊博，通贯六经，尤长于《易》《论语》。其诗歌风格近于黄庭坚，后被归入江西诗派。其诗句律严整，有一种清新活泼、明快流畅的风格。陆游谓其"发于文章，雅正纯粹，而诗尤工，以杜甫、黄庭坚为宗"

（陆游《曾文清公墓志铭》）。

三、诵韵味

（一）断文体：判断文体，了解结构

《三衢道中》为仄起的七言绝句。本诗采用跳跃的句法，表达了活泼晴朗的感情。

（二）正字音：依字行腔，乐音自成

本诗"日""却""绿""不""得"皆为入声字，顿挫感明显，吟诵时入声字要短促、急切，根据字音走向，依字行腔，便能形成基本吟诵调。

（三）试节奏：平仄相间，韵律自成

根据格律诗"五言三重，七言五重，句句皆有重音"的吟诵规则，可见诗中"日""却""来""四"是重音。按平长仄短的规则吟诗，会发现本诗第一句第四个字"时"长吟，第二句第二个字"溪"长吟，第三句第二个字"阴"长吟，第四句第四个字"鹂"长吟。

（四）品声韵：入短韵长，音韵传情

（1）韵的运用

本诗押下平"八庚"韵，这个韵接近阳"ang"韵，其中的字今天基本上都是"eng""ing"的韵母，如"横、惊、兵、鸣、行、征"等，原来都是比较大气硬朗的含义。本诗韵字为：晴、行、声。按照入短韵长的吟诵规则，可在吟诵声里感受到大气、开阔的情韵。

（2）其他声韵的运用

第一句"梅子黄时日日晴"：

长表示延展：平声字"时"，韵字"晴"拖长音读，体会好天气、好心情。

高表示强调：入声字"日日"短促、轻快，高读，强调每天都是不下雨的好天气。

第二句"小溪泛尽却山行"：

高表示强调：入声字"却"短促且重读，明确并突显诗人从小路到山路的转折。

长表示延展：平声字"溪"和韵字"行"字拖长诵读，体会惬意欢喜的感觉。

第三句"绿阴不减来时路"：

高表示强调："不减"读重读高，体会绿意盎然的诗情。

第四句"添得黄鹂四五声"：

长表示延展："鹂""声"二字拖腔长读，表现出黄鹂叫声悠扬婉转的美感。

（3）意象

黄鹂叫声悦耳动听，容易引发欣喜之情。在古诗意象中是春天的象征，代表春意盎然。

（4）主题

状景怀情。

（五）解诗意：依义行调，文意通达

此诗开篇将阴雨连绵的黄梅天与风和日丽的晴天进行对比，让人不禁感受到诗人在旅途中欢快、雀跃的心情。第三、四句又巧妙地将"来时"和"当下"进行对比，来时是幽静的绿树山林，当下听到绿荫丛中黄莺清脆婉转的叫声，可谓意趣盎然。

因此，第一句"梅子黄时日日晴"起调较高，突出梅子黄

时意料之外的好天气，同时语调应轻松活泼。第二句"小溪泛尽却山行"承接上句稍低。第三句"绿阴不减来时路"总体稍高，有春意盎然之喜。第四句"添得黄鹂四五声"总体稍低稍慢，回味夏已至，春未尽。

（六）调气息：静心诚意，气韵相通

吟诵时需先调匀呼吸，平心静气。吟诵时声音愉悦、轻快，气息中传递出诗人内心的畅快之情。

11　旅夜书怀（杜甫）

一、吟诗文

旅夜书怀

（唐）杜甫

| ｜　｜　—　—　｜　　　—　｜　！　｜　——
xì cǎo wēi fēng àn   wēi qiáng dú yè zhōu
细　草　微　风　岸，　危　樯　独　夜　舟。

—　—　—　｜　！　　　｜　！　｜　—　——
xīng chuí píng yě kuò   yuè yǒng dà jiāng liú
星　垂　平　野　阔，　月　涌　大　江　流。

—　｜　—　—　！　　　—　—　｜　｜　——
míng qǐ wén zhāng zhù   guān yīng lǎo bìng xiū
名　岂　文　章　著，　官　应　老　病　休。

—　—　—　｜　｜　　　—　｜　｜　—　——
piāo piāo hé suǒ sì   tiān dì yì shā ōu
飘　飘　何　所　似，　天　地　一　沙　鸥。

二、知历史

　　唐代宗永泰元年（765年）正月，杜甫辞去节度参谋职务，返居成都草堂。四月，严武死去，杜甫在成都失去依靠，遂携家由成都乘舟东下，经嘉州（今四川乐山）、榆州（今重庆市）至忠州（今四川忠县）。此诗约为途中所作。

三、诵韵味

（一）断文体：判断文体，了解结构

《旅夜书怀》为仄起的五言律诗，遵循起承转合的结构。

（二）正字音：依字行腔，乐音自成

本诗"独""阔""月""著""一"字皆为入声字，顿挫感明显，吟诵时入声字要短促、急切，根据字音走向，依字行腔，便能形成基本吟诵调。

（三）试节奏：平仄相间，韵律自成

根据格律诗"五言三重，七言五重，句句皆有重音"的吟诵规则，诗中"微""独""平""大""文""老""何""一"字为重音。按平长仄短的规则吟诗，诗中"风""樯""垂""江""章""应""飘""沙"字长吟。

（四）品声韵：入短韵长，音韵传情

（1）韵的运用

这首诗押下平"十一尤"韵，韵字有"忧""愁""羞""悠""秋""幽""游""囚"等，是一个比较舒缓的韵，这是由于这个韵发音绵长和口型逐渐合拢的缘故。本诗韵字为：舟、流、休、鸥。吟诵时从韵字的发音绵长和口型逐渐合拢的过程中可以感受到不尽的愁绪。

（2）其他声韵的运用

首联"细草微风岸，危樯独夜舟"：

长表示延展：平声字"风"长吟，延长的是微风不断，平声字"樯"、韵字"舟"长吟，延展的是危樯、独舟画面下，诗人孤寂的心绪。

高表示强调：入声字"独"短促，与仄声字"夜"高读，强调暗夜孤寂的环境。

颔联"星垂平野阔，月涌大江流"：

长表示延展：入声字"阔""月"短促，"垂"长读，延展的是低垂之画面。"江""流"长吟，体会江面宽阔，江水长流，诗人却颠连无告的凄怆心情。

颈联"名岂文章著，官应老病休"：

高表示强调：仄声字"岂"高读，强调心中的不平。入声字"著"短读顿挫，亦有不平之意。

长表示延展："章""应""休"长吟，延长的是诗人心中的愤懑不平情绪。

尾联"飘飘何所似，天地一沙鸥"：

长表示延展：第二个"飘"字及"沙""鸥"长吟，延长的是诗人漂泊无依的凝重愁绪。

入声字"一"短促，突出诗人的孤独感。

（3）意象

诗人借助"细草、微风、岸、危樯、独夜舟、星、平野、月、大江、沙鸥"等意象，表达诗人孤舟一般寂寞的心境与悲怆不平漂泊无依的情感。

（4）主题

羁旅情愁。

（五）解诗意：依义行调，文意通达

这首诗主要抒发了诗人漂泊无依的孤零之感。诗人素有远大的政治抱负，但长期被压抑而不能施展，心中抑郁不平。水天空阔，沙鸥飘零；人似沙鸥，转徙江湖。借景抒情，一字一泪，感人至深。整首诗意境雄浑，气象万千。用景物之间的对

比，烘托出一个独立于天地之间的飘零形象，使全诗弥漫着深沉凝重的孤独感。

  本诗总体基调凝重悲苦，因此，第一联"细草微风岸，危樯独夜舟"起调可稍高，语速缓慢。第二联"星垂平野阔，月涌大江流"承接上联语调稍低，品味无边状景背后诗人凄怆情绪的无边蔓延。第三联"名岂文章著，官应老病休"为转接联，语调可最高，渐次降低，突出诗人内心的不平愤懑。第四联"飘飘何所似，天地一沙鸥"语调归于平缓，体会意韵深长之感。

（六）调气息：静心诚意，气韵相通

  吟诵时需先调匀呼吸，平心静气，从气息中传递出凝重悲苦之情。

12　苏幕遮·怀旧（范仲淹）

一、吟诗文

苏幕遮·怀旧
（宋）范仲淹

bì yún tiān huáng yè dì qiū sè lián bō bō shàng hán
碧云天，黄叶地，秋色连波，波上寒

yān cuì shān yìng xié yáng tiān jiē shuǐ fāng cǎo wú qíng
烟翠。山映斜阳天接水，芳草无情，

gèng zài xié yáng wài
更在斜阳外。

àn xiāng hún zhuī lǚ sì yè yè chú fēi hǎo mèng liú
黯乡魂，追旅思，夜夜除非，好梦留

rén shuì míng yuè lóu gāo xiū dú yǐ jiǔ rù chóu cháng
人睡。明月楼高休独倚，酒入愁肠，

huà zuò xiāng sī lèi
化作相思泪。

二、知历史

本词作于宋仁宗康定元年（1040 年）至庆历三年（1043

年）间，当时范仲淹正在西北边塞的军中任陕西四路宣抚使，主持防御西夏的军事。这首《苏幕遮》词对后世文学创作产生了较大影响。元曲作家王实甫的《西厢记》中"长亭送别"一折直接化用这首词的起首两句"碧云天，黄叶地"，改为"碧云天，黄花地"，衍为曲子，同样极富画面美和诗意美。

三、诵韵味

（一）断文体：判断文体，了解结构

《苏幕遮·怀旧》为宋词，是一首中调。

该词分为上下两阕。

慧琳《一切经音义》卷四一《苏莫浙冒》条："'苏莫遮'，西戎胡语也，正云'飒磨遮'。此戏本出西龟兹（qiūcí）国，至今犹有此曲。"苏幕遮，又称乞寒节，每年农历七月举行，是祈祷当年冬天严寒，可降更多的雪，来年便水源充沛的节目。苏幕遮在唐代传入中原，曾轰动京城，唐人写的关于苏幕遮歌舞的诗词，数量繁多，李白、杜甫、白居易、李贺等人对此都有描述。到宋时，苏幕遮成了词牌名，最有名的苏幕遮词就是范仲淹的"碧云天，黄叶地"了。

（二）正字音：依字行腔，乐音自成

本词"碧""叶""色""接""月""独""入""作"皆为入声字，顿挫感明显，吟诵时要短促、急切。根据字音走向，依字行腔，便能形成基本吟诵调。

（三）试节奏：平仄相间，韵律自成

本词吟诵时根据平仄之声，即运用"平低仄高"的吟诵规则尝试吟诵，亦能吟出本词的轻重、高低长短之变化，体会到

词的乐音之美感。

（四）品声韵：入短韵长，音韵传情

（1）韵的运用

这首词上下两阕，每阕押四个仄声韵，皆为词林正韵第三部"寘""纸""泰""支"的韵，"i"韵母，上去通押，因此有细长连绵之感。词中韵字有"地""翠""水""外""思""睡""倚""泪"。此韵在本词中传递的是愁思缠绵的情绪。

（2）其他声韵的运用

① 上阕：

第一句"碧云天，黄叶地"：

平声字"云"长读，体会苍穹茫然之景。"碧""叶"为入声字，要短促轻灵。

第二句"秋色连波，波上寒烟翠"：

"色"是入声字与"上"同为仄声，二字高吟，强调秋来寒凉。平声字"烟"长读，体会寒烟迷蒙之景。

第三句"山映斜阳天接水"：

仄声字"映""接"高读，强调山水一体。平声字"阳"长读，拖长的是秋日愁思。

尾句"芳草无情，更在斜阳外"：

平声字"情""阳"长读，韵字"外"拖长诵读，延长的是斜阳，是远方，更是秋日绵延不绝的思绪。

② 下阕：

第一句"黯乡魂，追旅思"：

平声字"乡"长读，韵字"思"拖长诵读，延长的是思乡情。

第二句"夜夜除非，好梦留人睡"：

仄声字"夜夜""好梦"高读,强调思乡难眠之苦。

第三句"明月楼高休独倚":

入声字"月""独"短促顿挫,与"倚"同为仄声高吟,强调独孤思念之苦。

尾句"酒入愁肠,化作相思泪":

入声字"入""作"短促顿挫,同时高读,强调愁思难解。"愁肠"与"相思"长吟,韵字"泪"拖长诵读,延长的是愁绪、是乡思情。

（3）意象

碧云、黄叶、绿波、翠烟、斜阳：这组意象表现了秋思缠绵,羁旅愁苦。

（4）主题

羁旅情愁。

（五）解词意：依义行调，文意通达

上阕写景：天地俯仰之间,展现苍莽秋景,将秋意寄于波上寒烟；将天地山水融为一体。借无情芳草,兴寄下阕思怀羁旅。

下阕抒情："惟别而已矣的黯然销魂"纠缠着羁旅愁思。好梦也只能留予他人睡。明月夜独倚高楼,相思之酒难解愁。

吟诵时,要了解词人以沉郁雄健之笔来表达其羁旅相思之情的这一特点。因而上阕整体较快,吟时想象阔远秋丽的浑然秋景；下阕整体低沉,诵时感悟羁旅之思的柔情。

（六）调气息：静心诚意，气韵相通

吟诵时需先调匀呼吸,平心静气。于一呼一吸之间,舒缓高低之中,传递出词人缠绵的愁思。

单元探究：羁旅诗，记行旅，品愁思

一、经典溯源

岳阳楼记
（宋）范仲淹

庆历四年春，滕子京谪守巴陵郡。越明年，政通人和，百废具兴，乃重修岳阳楼，增其旧制，刻唐贤今人诗赋于其上，属予作文以记之。

予观夫巴陵胜状，在洞庭一湖。衔远山，吞长江，浩浩汤汤，横无际涯，朝晖夕阴，气象万千，此则岳阳楼之大观也，前人之述备矣。然则北通巫峡，南极潇湘，迁客骚人，多会于此，览物之情，得无异乎？

若夫淫雨霏霏，连月不开，阴风怒号，浊浪排空，日星隐曜，山岳潜形，商旅不行，樯倾楫摧，薄暮冥冥，虎啸猿啼。登斯楼也，则有去国怀乡，忧谗畏讥，满目萧然，感极而悲者矣。

至若春和景明，波澜不惊，上下天光，一碧万顷，沙鸥翔集，锦鳞游泳，岸芷汀兰，郁郁青青。而或长烟一空，皓月千里，浮光跃金，静影沉璧，渔歌互答，此乐何极！登斯楼也，则有心旷神怡，宠辱偕忘，把酒临风，其喜洋洋者矣。

嗟夫！予尝求古仁人之心，或异二者之为，何哉？不以物喜，不以己悲，居庙堂之高则忧其民，处江湖之远则忧其君。是进亦忧，退亦忧。然则何时而乐耶？其必曰"先天下之忧而忧，后天下之乐而乐"乎！噫！微斯人，吾谁与归？时六年九月十五日。

二、活动探究

（一）活动主题

记行旅，品愁思。

（二）活动目标

① 了解游记名篇，查找名胜古迹，学习相关历史文化。
② 设计研学路线。
③ 仿写游记，体会旅途愁思。

（三）活动流程

① 收集游记名篇，查找相关名胜古迹，根据自身实际情况，设计研学方案。
② 研学过程，先了解再出行，保障安全措施。
③ 制作研学成果报告，报告中可根据路线、素材选择书画、摄影、诗文等丰富多样的呈现形式。

（四）活动评价

小组名称							
小组成员							
活动阶段	分值	评分标准	分值	自评	互评	师评	
知识储备展示过程	50	资料搜集，小组分工明确，团结合作	15				
		记录工整、有序，逻辑清晰	20				
		研学路线及方案撰写情况	15				
研学	50	研学安全	15				
		研学成果展示	15				
		成长评价	20				
合计得分							

第四单元 边塞诗

13　诗经·小雅·出车

一、吟诗文

诗经·小雅·出车

我出我车，于彼牧矣。
自天子所，谓我来矣。
召彼仆夫，谓之载矣。
王事多难，维其棘矣。

我出我车，于彼郊矣。
设此旐矣，建彼旄矣。
彼旟旐斯，胡不旆旆？

yōu xīn qiāo qiāo, pú fū kuàng cuì。
忧 心 悄 悄, 仆 夫 况 瘁。

wáng mìng nán zhòng, wǎng chéng yú fāng。
王 命 南 仲, 往 城 于 方。

chū chē péng péng, qí zhào yāng yāng。
出 车 彭 彭, 旂 旐 央 央。

tiān zǐ mìng wǒ, chéng bǐ shuò fāng。
天 子 命 我, 城 彼 朔 方。

hè hè nán zhòng, xiǎn yǔn yú xiāng。
赫 赫 南 仲, 玁 狁 于 襄。

xī wǒ wǎng yǐ, shǔ jì fāng huá。
昔 我 往 矣, 黍 稷 方 华。

jīn wǒ lái sī, yǔ xuě zài tú。
今 我 来 思, 雨 雪 载 途。

wáng shì duō nàn, bù huáng qǐ jū。
王 事 多 难, 不 遑 启 居。

qǐ bú huái guī? wèi cǐ jiǎn shū。
岂 不 怀 归? 畏 此 简 书。

喓喓草虫，趯趯阜螽。
未见君子，忧心忡忡。
既见君子，我心则降。
赫赫南仲，薄伐西戎。
春日迟迟，卉木萋萋。
仓庚喈喈，采蘩祁祁。
执讯获丑，薄言还归。
赫赫南仲，玁狁于夷。

二、知历史

这是一位武士自述他跟随统帅南仲出征及凯旋的诗。当时西周面临的敌人，北有玁狁，西有昆夷，为了王朝的安定，周王朝曾多次派兵征讨。以南仲为统帅的这次征讨，取得了辉煌的战果。此诗可谓是这场战争的实录，通过对周宣王初年讨伐猃狁胜利的歌咏，满腔热情地颂扬了统帅南仲的赫赫战功，表现了中兴君臣对建功立业的自信心。

三、诵韵味

（一）断文体：判断文体，了解结构

《出车》是先秦民歌，四言押韵诗歌。

（二）正字音：依字行腔，乐音自成

旐：音 zhào，画有龟蛇图案的旗。

旄：音 máo，旗杆上装饰牦牛尾的旗子。

旟：音 yǔ，画有鹰隼图案的旗帜。

旆旆：音 pèi，旗帜飘扬的样子。

彭彭：形容车马众多。

旂：音 qí，绘交龙图案的旗帜，带铃。

央央：鲜明的样子。

猃狁：音 xiǎnyǔn，北方的少数民族。

襄：即"攘"，平息，扫除。

喓喓：音 yāo，昆虫的叫声。

趯趯：音 tì，昆虫跳跃的样子。

阜螽：昆虫名。螽，音 zhōng。

仓庚：黄鹂。

喈喈：音 jiē，鸟叫声。

蘩：音 fán，白蒿。

祁祁：众多的样子。

(三)品声韵：入短韵长，音韵传情

诗中入声字有"出""牧""仆""棘""设""不""朔""赫""昔""稷""雪""则""薄""伐""日""木""执""获""薄"，吟时短促，急切。

韵字"来""载""郊""旐""方""央""襄""书""蛮""忡"让整首诗既有恢宏廓大的郊牧誓师、野外行军的场景，又有细致入微的人物心理活动，做到了整体与细节、客观与主观的巧妙组合。

第一节说"我出我车，于彼牧矣；自天子所，谓我来矣"，以"出车""到牧""传令""集合"四个在时空上逼近、时间上极具连贯性的动作，烘托出战前紧急动员的氛围。末二句又以"多难"和"棘"二词暗示出主帅和士卒们心理上的凝重和压抑。第二节则以苍穹下林立的"旐""旄""旟""旂"之"旆旆"，写军行至"郊"的凛然气势。末了又以"悄悄""况瘁"写在开赴前线的急行军中士兵们焦急紧张的心理。第三节以"出车彭彭、旂旐央央"再叙军容之盛。在正确地部署了战斗的同时，用"赫赫"及"襄"暗示出作者对赢得这场战争的自信。

(四)解诗意：依义行调，文意通达

诗人紧紧抓住了战前准备和凯旋这两个关键性的典型场景，高度概括地把一场历时较长、空间地点的转换较为频繁的战争浓缩在一首短短的诗里。语言上有质朴自然之气，意境中具情景交融之美。

14　塞上听吹笛（高适）

一、吟诗文

塞上听吹笛

（唐）高适

xuě jìng hú tiān mù mǎ huán
雪　净　胡　天　牧　马　还，

yuè míng qiāng dí shù lóu jiān
月　明　羌　笛　戍　楼　间。

jiè wèn méi huā hé chù luò
借　问　梅　花　何　处　落，

fēng chuī yí yè mǎn guān shān
风　吹　一　夜　满　关　山。

二、知历史

　　《塞上听吹笛》是唐代诗人高适的作品。高适曾多次去边关——他两次出塞，去过辽阳，到过河西，对边塞生活有着较深的体验。这首诗是高适在西北边塞地区从军时写的，当时他在哥舒翰幕府。此诗用明快秀丽的基调和丰富奇妙的想象，描绘了一幅优美动人的塞外春光图，反映了边塞生活中安详、恬静的一面。全诗含有思乡的情调但并不低沉，表达了盛唐时期的那种豪情。

三、诵韵味

（一）断文体：判断文体，了解结构

《塞上听吹笛》为仄起的七言绝句。遵循起承转合的结构。

（二）正字音：依字行腔，乐音自成

本诗"雪""牧""月""笛""借""落""一"皆为入声字，顿挫感明显，吟诵时入声字要短促、急切。根据字音走向，依字行腔，便能形成基本吟诵调。本诗为仄起，但是两联之间失粘，即两联的平仄格律是一样的，谓之折腰体。所以，吟诵时要注意不可以一般的仄起七绝吟诵调对待，而要重复使用第一联的吟诵调。

（三）试节奏：平仄相间，韵律自成

根据格律诗"五言三重，七言五重，句句皆有重音"的吟诵规则，可见诗中"牧""戍""何""满"是重音。按平长仄短的规则吟诗，会发现本诗第一句第四个字"天"长吟，第二句第二个字"明"长吟，第三句第四个字"花"长吟，第四句第二个字"吹"长吟。

（四）品声韵：入短韵长，音韵传情

（1）韵的运用

本诗押上平"十五删"韵，此韵是由开口又逐渐收拢的一个音，所以该韵的感觉比较悠远而又有含蓄婉转之意。此韵有"山""间""关""还""颜""闲"等韵字，本诗韵字为：还、间、山。诗中传达的是婉转的乡关之情。

（2）其他声韵的运用

第一句"雪净胡天牧马还"：

长表示延展：平声字"天"和韵字"还"拖长音读，延展的是大地解冻、春天到来之时牧马晚归的开阔的情景。

高表示强调："雪净"高读，强调象征危机解除的冰雪消融之意味，体会边关难得的和平氛围。

第二句"月明羌笛戍楼间"：

长表示延展：平声字"明"和韵字"间"字拖长诵读，体会明月清辉之下，戍楼笛声更加衬托出边关此时的静谧。

第三句"借问梅花何处落"：

高表示强调："何处"读重读高，入声字"落"短读且重读，强调是何处吹奏《梅花落》，思乡情意跃然纸上。

长表示延展："梅花"长吟，缕缕乡思尽在此中。

第四句"风吹一夜满关山"：

高表示强调："一夜"读重读高，风传笛曲，一夜之间声满关山，强调思乡的感情之强烈。

长表示延展："吹""山"二字拖腔长读，表现风吹笛声思乡情长。

（3）意象

诗中"梅花何处落"为笛曲《梅花落》拆用而成，体现离愁别绪，和"月"皆为思乡之意象。

（4）主题

羁旅情愁，思乡怀归。

（五）解诗意：依义行调，文意通达

此诗写塞上闻笛而生乡关之思，但首先却展现出冰雪铺凝的广袤胡天，然后再在明月与戍楼之间托出羌笛之声，在荒漠塞外与故乡春色的鲜明反差之中透露出缕缕乡思。但这乡思却无哀怨，而是随着一夜风吹渗满整个关山，以可见的壮伟景观

的实态体现出巨大的内在显现力与艺术包容力。

因此，全诗基调开朗壮阔。第一句"雪净胡天牧马还"起调较高，开篇突出一种边塞诗中不多见的和平气氛，充溢着大地解冻、春天到来之时牧马晚归的开阔之感。第二句"月明羌笛戍楼间"承接上句稍低，体现静谧之感。第三句"借问梅花何处落"强调塞外春景与家乡不同，思乡之情油然而起，吟诵时要高而急切。第四句"风吹一夜满关山"复又低慢下来，乡关之情不绝于耳。

（六）调气息：静心诚意，气韵相通

吟诵时需先调匀呼吸，平心静气，声音轻快，气息中有开朗壮阔之感。

15　出塞（王昌龄）

一、吟诗文

出塞

（唐）王昌龄

— — — ！ | — —
qín shí míng yuè hàn shí guān
秦　时　明　月　汉　时　关，

| | — — | — —
wàn lǐ cháng zhēng rén wèi huán
万　里　长　征　人　未　还。

| | — — — | —
dàn shǐ lóng chéng fēi jiàng zài
但　使　龙　城　飞　将　在，

！ — | ！ — —
bù jiāo hú mǎ dù yīn shān
不　教　胡　马　度　阴　山。

二、知历史

　　该诗是王昌龄早年赴西域时所作，《出塞》是乐府旧题。王昌龄所处的时代，正值盛唐，这一时期，唐在对外战争中屡屡取胜，全民族的自信心极强，因此在边塞诗人的作品中，多能体现一种慷慨激昂的向上精神和克敌制胜的强烈自信。同时，频繁的边塞战争，也使人民不堪重负，渴望和平，《出塞》正是反映了人民的这种和平愿望。明代诗人李攀龙甚至夸赞它是唐人七绝的压卷之作，杨慎编选唐人绝句，也列它为第一。

三、诵韵味

（一）断文体：判断文体，了解结构

《出塞》为平起的七言绝句。遵循起承转合的结构。

（二）正字音：依字行腔，乐音自成

本诗"月""不""度"皆为入声字，顿挫感明显，吟诵时入声字要短促、急切，根据字音走向，依字行腔，便能形成基本吟诵调。

（三）试节奏：平仄相间，韵律自成

根据格律诗"五言三重，七言五重，句句皆有重音"的吟诵规则，可见诗中"汉""人""飞""度"是重音。诗中第一句第二个字"时"长吟，第二句第四个字"征"长吟，第三句第四个字"城"长吟，第四句第二个字"教"长吟。

（四）品声韵：入短韵长，音韵传情

（1）韵的运用

这首诗押上平"十五删"韵，此韵是由开口又逐渐收拢的一个音，所以这个韵的感觉比较悠远而又有含蓄婉转之意。本诗韵字为：关、还、山。诗中传达的是边塞征战的艰难与保家卫国的决心。

（2）其他声韵的运用

第一句"秦时明月汉时关"：

长表示延展：两个平声字"时"字长读，延展的是历史的沧桑感和厚重感，韵字"关"拖长读，延展的是边塞偏远和荒凉的画面。

高表示强调：仄声字"月"亦为入声字，短而急促，高声重读，强调明月高挂的景象。

第二句"万里长征人未还"：

高表示强调："万里"读得高短，强调遥远不及。

长表示延展：平声字"征"字和韵字"还"字拖长诵读，表现出征路途的遥远与艰难。

第三句"但使龙城飞将在"：

高表示强调：仄声字"但使""将""在"高吟，体会寄希望于有才能的将军的强烈愿望。

第四句"不教胡马度阴山"：

长表示延展：韵字"山"拖长诵读，延展的是阴山作为天然屏障的壮观画面。

高表示强调：入声字"不"读短促，出口即收，体会坚定的感觉。"不""胡马""度"都要高读，强调坚决把敌人阻挡在阴山之外的愿望。

（3）意象

诗中通过"明月""边关""阴山"等意象体现边塞雄浑、苍凉慷慨之气。

（4）主题

羁旅情愁、思乡怀归。

（五）解诗意：依义行调，文意通达

此诗"悲壮浑成，应推绝唱"。全诗气概豪迈，洋溢着爱国激情与民族自豪感。同时又讽刺了朝廷用人不当与将帅腐败无能，有弦外之音，耐人寻味。

这首诗的格调以雄浑开阔、激昂奋发为主。第一句"秦时明月汉时关"起调不能过高，应表现出历史的沧桑和厚重。第二句"万里长征人未还"承接上句稍显低沉,表现出征途的遥远与艰难。第三句"但使龙城飞将在"语调走高,表达出深深的感慨。第四句"不教胡马度阴山"语调仍然较高,体会保家卫国的决心。

(六)调气息:静心诚意,气韵相通

吟诵时需先调匀呼吸,随诗文的情感,依义行调,吟出激昂的爱国情。

16 渔家傲·秋思（范仲淹）

一、吟诗文

渔家傲·秋思
（宋）范仲淹

塞下秋来风景异，衡阳雁去无留意。四面边声连角起，千嶂里，长烟落日孤城闭。浊酒一杯家万里，燕然未勒归无计。羌管悠悠霜满地，人不寐，将军白发征夫泪。

二、知历史

宋康定元年（1040年）至庆历三年（1043年）间，词人任陕西经略副使兼延州知州。在他镇守西北边疆期间，既号令严明又爱抚士兵，深为西夏所惮服，称他"腹中有数万甲兵"。

这首词就是他身处军中的感怀之作。

冯金伯《词苑萃编》卷四引《古今词话》：范希文《渔家傲·边愁》云，词旨苍凉，多道边镇之苦。欧阳永叔每呼为穷塞主，诗非穷不工，乃于词亦云。

刘永济《唐五代两宋词简析》：此词写边塞征人思归之情与边地苍凉之景。仲淹久任边帅，防御西夏元昊。羌人至乎为"龙图老子"而不名，范时官龙图阁学士也。

三、诵韵味

（一）断文体：判断文体，了解结构

《渔家傲》不见于唐、五代人词，至北宋晏殊、欧阳修则填此调独多。《词谱》卷十四云：此调始自晏殊，因词有"神仙一曲渔家傲"句，取以为名。

《渔家傲·秋思》为宋词，是一首中调。该词分为上下两阕。

（二）正字音：依字行腔，乐音自成

本词"塞""角""落""日""浊""一""勒""不""白""发"皆为入声字，顿挫感明显，吟诵时要短促、急切。根据字音走向，依字行腔，便能形成基本吟诵调。

（三）试节奏：平仄相间，韵律自成

本词吟诵时根据平仄之声，即运用"平低仄高"的吟诵规则尝试吟诵，能吟出本词的轻重、高低、长短之变化，体会到词的乐音之美感。

（四）品声韵：入短韵长，音韵传情

（1）韵的运用

这首词上下阕上去通押，押的是词林正韵第三部平声"四

支",上声"四纸"和去声"四寘""九泰"这几个韵,都是"i"韵母,这是一个闭口齐齿韵,情感绵长沉郁。词中韵字有"异""意""起""里""闭""里""计""地""寐""泪"。此韵在本词中传递的是慷慨悲凉的情绪。

(2)其他声韵的运用

① 上阕:

第一句"塞下秋来风景异,衡阳雁去无留意":

韵字"异"拖长吟诵,延长的是塞外独特的秋景,声音之中,一幅壮阔的边塞风光徐徐展开。"意"拖长,延长的是秋天来临,萧瑟之感倍增。"塞"为入声字,要短促。

第二句"四面边声连角起,千嶂里,长烟落日孤城闭":

入声字"角"亦为仄声字,和"嶂"二字高吟,强调边塞秋景萧瑟、偏远。入声字"落日"短促,体会边关的寂寥。平声字"声""烟"长读,韵字"闭"拖长诵读,体会边关萧瑟的号角声一声长过一声,以及那肃杀荒凉的战地风光。

② 下阕:

第一句"浊酒一杯家万里,燕然未勒归无计":

入声字"浊""一""勒"亦为仄声字,短促顿挫,高声。强调思乡之愁和壮志未酬的压抑之情。平声字"杯""然""无"长读,韵字"计"拖长诵读,延长的是归期尚早的乡情愁绪。

第二句"羌管悠悠霜满地,人不寐,将军白发征夫泪":

仄声字"满""不"高读,强调边疆夜深秋气寒,入眠困难。入声字"白发"短促高读,强调边关征战的艰难。平声字"悠"长读,延展的是羌笛之声,韵字"泪"拖长诵读,延长的是无尽的悲凉。

(3)意象

"秋""月"意寓回家团圆;"雁"意寓游子的消息。

（4）主题

羁旅情愁，征夫行役。

（五）解词意：依义行调，文意通达

上阕写景，描写边塞秋季风景的独异，起调稍高。后从视听结合角度表现边塞地区的萧条寂寥，渲染一种悲凉的氛围。因此，语势要由高到低。

下阕抒情，战争没有结束，归家便无从谈起。情绪低落，吟诵时要低沉。结尾句用互文的手法体现出一种苍凉悲壮。因此，要有豪放派的雄浑。

吟诵时要重点理解将军（词人）与征夫既渴望报效祖国建功立业又久戍思乡的矛盾之情。体悟豪放派词的悲壮苍凉一面。

（六）调气息：静心诚意，气韵相通

吟诵时需先调匀呼吸，平心静气。于一呼一吸之间，舒缓高低之中，传递出作者壮志难酬的感慨和忧国的情怀。

单元探究：边塞诗，历边地，品担当

一、经典溯源

景春曰："公孙衍、张仪岂不诚大丈夫哉？一怒而诸侯惧，安居而天下熄。"

孟子曰："是焉得为大丈夫乎？子未学礼乎？丈夫之冠也，父命之；女子之嫁也，母命之，往送之门，戒之曰：'往之女家，必敬必戒，无违夫子！'以顺为正者，妾妇之道也。居天下之广居，立天下之正位，行天下之大道。得志，与民由之；不得志，独行其道。富贵不能淫，贫贱不能移，威武不能屈，此之谓大丈夫。"

——《孟子》

二、活动探究

（一）活动主题

"大丈夫"辩论赛。

（二）活动目标

① 熟诵《孟子·大丈夫》章句。
② 了解公孙衍、张仪的故事。
③ 知道何为"大丈夫"。

（三）活动流程

① 辩论"公孙衍、张仪是不是大丈夫"。
② 学生分成两组，收集资料。
③ 正方：公孙衍，张仪是大丈夫。

反方：公孙衍，张仪不是大丈夫。

（四）活动评价

小组名称						
小组成员						
活动阶段	分值	评分标准	分值	自评	互评	师评
知识储备展示过程	50	爱国人物的资料收集	15			
		为自我观点梳理支撑材料	20			
		团结合作，准备充分	15			
辩论比赛	50	服装道具	15			
		辩论礼仪，辩论语言	15			
		辩论结果	20			
		合计得分				

第五单元 隐逸诗

17 诗经·卫风·考槃

一、吟诗文

诗经·卫风·考槃

kǎo pán zài jiàn　shuò rén zhī kuān
考　槃　在　涧，硕　人　之　宽。

dú mèi wù yán　yǒng shǐ fú xuān
独　寐　寤　言，永　矢　弗　谖。

kǎo pán zài ē　shuò rén zhī kē
考　槃　在　阿，硕　人　之　薖。

dú mèi wù gē　yǒng shǐ fú guò
独　寐　寤　歌，永　矢　弗　过。

kǎo pán zài lù　shuò rén zhī zhóu
考　槃　在　陆，硕　人　之　轴。

dú mèi wù sù　yǒng shǐ fú gào
独　寐　寤　宿，永　矢　弗　告。

二、知历史

《诗经·卫风·考槃》是中国古代最早涉及隐逸题材的文学

作品之一，有人说它是隐逸诗之宗，是中国隐逸文学的滥觞，对后世的隐逸文学和隐逸文化都产生了深远的影响。现代程俊英、蒋见元《诗经注析》："隐逸诗自六朝始盛，至渊明始大，然推其始，则在考槃。"历代学者一般以为此诗为赞许山人而作。《毛诗序》以为这首诗是讽刺卫庄公不用贤人的："《考槃》，刺庄公也。不能继先王之业，使贤者退而穷处。"朱熹《诗集传》则以为此诗是赞许"贤者隐处涧谷之间"。

三、诵韵味

（一）断文体：判断文体，了解结构

《考槃》是先秦民歌，四言押韵诗歌。

（二）正字音：依字行腔，乐音自成

考槃：逗留，盘桓。槃：音 pán。

硕人：形象高大丰满的人。

寐：睡着。

寤：醒来。

矢：同誓。

谖：音 xuān，忘记。

薖：音 kē，宽和。

轴：本义为车轴，此处指中心。徘徊往复，自由自在。

（三）品声韵：入短韵长，音韵传情

诗中有入声字"硕""独""弗""陆""轴""宿""告"，吟诗短促、急切。

"涧""阿""陆"是隐者之地，"考槃"是隐者之乐，"弗过""弗告"，是隐者之心。保有"独立"的人格，追求"自由"

的心境，乃所有隐居者的核心，也是隐士文化的核心。一章硕人考槃，如同"庄周鼓盆"，开首即见其玩世不恭的情状。"独"字直贯寐、寤、言三节情事，是诗中奇句。"宽"字达观，"独"字傲然，"矢"字坚劲。二章"弗过"有一丘一壑，足了平生，漱流枕石，无复他心之意。三章"弗告"二字更妙，"只可自怡悦，不堪持赠君"，绘出隐者自得神态。"独"字是心神，寐而寤，寤而言，言而歌，歌而宿，无往不独，无独不乐。

（四）解诗意：依义行调，文意通达

现实迫使士人走向山野，士人把现实的文化与山野联系起来，从而使山野自然逐渐心灵化，此即"文化"。正是因为有这些早期士人的努力，独立人格意识在中国文化中萌芽。

18　山居秋暝（王维）

一、吟诗文

山居秋暝

（唐）王维

kōng shān xīn yǔ hòu　tiān qì wǎn lái qiū
空　山　新　雨　后，天　气　晚　来　秋。

míng yuè sōng jiān zhào　qīng quán shí shàng liú
明　月　松　间　照，清　泉　石　上　流。

zhú xuān guī huàn nǚ　lián dòng xià yú zhōu
竹　喧　归　浣　女，莲　动　下　渔　舟。

suí yì chūn fāng xiē　wáng sūn zì kě liú
随　意　春　芳　歇，王　孙　自　可　留。

二、知历史

苏轼对王维的评价是："味摩诘之诗，诗中有画；观摩诘之画，画中有诗。"王维精通佛学，受禅宗影响很大。佛教有一部《维摩诘经》，是王维名和字的由来。王维早年有过积极的政治抱负，希望能做出一番大事业，后值政局变化无常而逐渐消沉下去，吃斋奉佛。40多岁的时候，他特地在长安东南的蓝田县的辋川营造了别墅，过着半官半隐的生活。《山居秋暝》是写他隐居生活的一首诗。《唐诗解》：雅淡中有致趣，结用楚辞化。

三、诵韵味

（一）断文体：判断文体，了解结构

《山居秋暝》为平起五言律诗。由首联、颔联、颈联和尾联组成。遵循起承转合的结构。

（二）正字音：依字行腔，乐音自成

本诗"月""石""竹""歇"皆为入声字，发音时短促，顿挫感明显。吟诵时入声字要短促、急切，根据字音走向，依字行腔，亦能形成基本吟诵调。

（三）试节奏：平仄相间，韵律自成

根据格律诗"五言三重，七言五重，句句皆有重音"的规则，可见诗中"新""晚""松""石""归""下""春""自"八字应稍重。按平长仄短的规则吟诗，会发现本诗第一句第二个字"山"长吟，第二句第四个字"来"长吟，第三句第四个字"间"长吟，第四句第二个字"泉"长吟。第五句第二个字"喧"长吟，第六句第四个字"渔"长吟，第七句第四个字"芳"长吟，第八句第二个字"孙"长吟。

（四）品声韵：入短韵长，音韵传情

（1）韵的运用

这首诗押下平"十一尤"韵，这个韵的字有"忧""愁""羞""悠""秋""幽""游""囚"等，是一个比较含蓄幽远而舒缓的韵，这是由于这个韵发音绵长和口型逐渐合拢的缘故。此韵是舒缓、悠长的。本诗韵字为：秋、流、舟、留。本诗其他用字

则开口音与闭口音相互错落,与韵字共同造成舒缓跌宕的感觉,显得潇洒大气。

（2）其他声韵的运用

首联"空山新雨后,天气晚来秋":

长表示延展:"空""山""新"是长音,声音舒缓而悠长,山雨过后的清新之感也随之伸展开来。韵字"秋"拖长诵读,延展的是秋天的凉爽和舒适。

颔联"明月松间照,清泉石上流":

短表示轻快:入声字"月""石"读得轻而短促,体会明月照松林,清泉石上流的清灵气息。

长表示延展:韵字"流"拖长诵读,延展的是泉水轻灵地流动,初秋傍晚宁静之美感。

颈联"竹喧归浣女,莲动下渔舟":

高表示强调:"浣女"为仄声字,此处高吟,强调晚归的浣纱女打破了傍晚的宁静。

长表示延展:"渔舟"拖长诵读,延展的是渔船从莲花丛中划过的画面。

尾联"随意春芳歇,王孙自可留":

长表示延展:韵字"留"拖长诵读,体会诗人淡然的心境和高尚的情操。

（3）意象

本诗中"空山"不只是外在环境的描写,更是诗人空澄明净的内心象征。明月、泉水、青松、翠竹、青莲可以说都是诗人高尚情操的写照。

（4）主题

状物抒怀、避世隐居、任性自然。

（五）解诗意：依义行调，文意通达

　　这首诗是山水诗中的名篇，诗歌首联描述初秋的傍晚，刚刚下过一场雨，空气清新，景色宜人。颔联观物，颈联观人。看似写景，实则表情。所以尾联中说，既然春天的花草已经逝去，那就让它消散吧，在这世外桃源，自会有王孙们留下来欣赏这美丽的秋景。这首诗寄托了诗人希望远离官场、寄情山水的愿望，通篇运用比兴的手法来抒发情志，意蕴深长、耐人寻味。

　　因此，整首诗的格调是舒缓跌宕，潇洒大气的。吟诵的时候首联可稍高而渐低，总体舒缓、悠长，吟出空旷轻灵之感。颔联语调由低而渐高，吟出青松披月光，石上清泉潺潺流动的美感。颈联由较高渐低，吟出日落而息的山中自在宁静的生活。尾联语调逐渐降得更低一些，吟出诗人远离官场、寄情山水的愿望。

（六）调气息：静心诚意，气韵相通

　　在吟诵时，保持均匀的胸腹式呼吸，让呼吸的节奏与诗文的意境、节奏协调统一。

　　吟诵本诗时气息中传递出诗人对高洁品格的追求，万物一体，感受天道。

19　归园田居·其五（陶渊明）

一、吟诗文

归园田居·其五

（魏晋）陶渊明

chàng hèn dú cè huán　qí qū lì zhēn qū
怅　恨　独　策　还，崎　岖　历　榛　曲。

shān jiàn qīng qiě qiǎn　kě yǐ zhuó wú zú
山　涧　清　且　浅，可　以　濯　吾　足。

lù wǒ xīn shú jiǔ　zhī jī zhāo jìn jú
漉　我　新　熟　酒，只　鸡　招　近　局。

rì rù shì zhōng àn　jīng xīn dài míng zhú
日　入　室　中　暗，荆　薪　代　明　烛。

huān lái kǔ xī duǎn　yǐ fù zhì tiān xù
欢　来　苦　夕　短，已　复　至　天　旭。

二、知历史

陶渊明在义熙元年（405年）四十一岁时，最后一次出仕，做了八十多天的彭泽县令即辞官回家。以后再也没有出来做官。据《宋书·陶潜传》和萧统《陶渊明传》云，陶渊明归隐是出于对腐朽现实的不满。当时郡里一位督邮来彭泽巡视，官员要他束带迎接以示敬意。他气愤地说："我不愿为五斗米折腰向乡里小儿！"陶渊明品格与政治社会之间的根本对立，注定了他最终的抉择——归隐。

三、诵韵味

（一）断文体：判断文体，了解结构

《归园田居·其五》为仄起的古体诗。

（二）正字音：依字行腔，乐音自成

本诗"独""策""历""曲""濯""足""漉""熟""只""局""日""入""室""烛""夕""复""旭"皆为入声字，顿挫感明显，吟诵时入声字要短促、急切。吟诵时根据字音走向，依字行腔，便能形成基本吟诵调。

（三）试节奏：平仄相间，韵律自成

本诗属于古体诗，不用按照格律、节奏来分析。

古体诗的读法，没有了近体诗的"平长仄短""平低仄高"这两条要求。为什么呢？近体诗的平仄有规律地交替出现，才形成了平低仄高的吟诵习惯，只有平声能拖长，因此才形成了平长仄短。但在古体诗中平仄出现没有规律，平低仄高就不是必要的了，只要根据诗意依意行调就可以。长短关系也不是那么明显，唐朝以后的古体诗韵短了，整个诗读得快，读得快之后长短之间就差异不大了。所以古体诗的读法基本上是"入短韵长、依字行腔、依意行调"。标记符号的时候，古体诗标记只标记入声字和韵字，其他的字空着。空着的平读，平读就是平平常常地读，不用长短高低去读。

（四）品声韵：入短韵长，音韵传情

（1）韵的运用

这首诗押入声"二沃"韵，本诗韵字为：曲、足、局、烛、旭。韵字为入声的音，也是仄声，本诗中韵字除了表示强调，也有超然轻灵之意。

（2）其他声韵的运用

第一、二句"怅恨独策还，崎岖历榛曲"：

此句中加上韵字一共有四个入声字。"独""策""历"要吟得短促、顿挫，强调诗人举世皆浊我独清的孤寂感。韵字"曲"可长吟，延展的是隐蔽的道路狭长之感。

第三、四句"山涧清且浅，可以濯我足"：

此句一扫"怅恨"之意，用清水濯足，因此韵字"足"长吟，体会诗人坦然自适的归隐之志。

第五、六句"漉我新熟酒，只鸡招近局"：

此句入声字"漉""熟""只"吟得短促，强调诗人与近邻相处友善、其乐融融之感。韵字"局"长吟，有怡然自得之感。

第七、八句"日入室中暗，荆薪代明烛"：

入声字"日""入""室"吟得短促，强调诗人安贫乐道的洒脱自如。

第九、十句"欢来苦夕短，已复至天旭"：

入声字"夕""复"吟得短促，强调诗人寄其高远之志。韵字"旭"长吟，抒发诗人超然之情。

（3）意象

"榛曲"暗言生活之路崎岖不平；"熟酒""只鸡""暗室""荆薪"则意寓田家作乐的生活。

（4）主题

避世隐居，任性自然。

（五）解诗意：依义行调，文意通达

　　本诗讲述诗人耕种归来之趣事，欣然自得，内蕴醇厚，正是其脱离尘网后一任自然的真情流露。

　　本诗超然轻灵，吟诵时，依义行调，第一、二句起调可稍高声，强调独清的孤寂感。第三、四句可稍低，婉转表达坦然自适之志。第五、六句依势稍高，强调其乐融融之感。第七、八句又可稍低，体会其洒脱自如。第九、十句结束可稍高、稍长，体会诗人高远之志、超然之情。

（六）调气息：静心诚意，气韵相通

　　吟诵时需先调匀呼吸，平心静气。吟诵出坦然自适、潇洒自然，聊以忘忧之感。

20 鹧鸪天·林断山明竹隐墙（苏轼）

一、吟诗文

鹧鸪天·林断山明竹隐墙

（宋）苏轼

林断山明竹隐墙。乱蝉衰草小池塘。翻空白鸟时时见，照水红蕖细细香。村舍外，古城旁。杖藜徐步转斜阳。殷勤昨夜三更雨，又得浮生一日凉。

二、知历史

此词作于宋神宗元丰六年（1083 年），当时苏轼谪居黄州（治所在今湖北黄冈）已经三年，政治打击和仕途挫折使他的心情不免时感悲凉，因而产生了随遇而安的思想。此词是他当时乡间幽居生活的自我写照。关于这首词的具体写作时间，从词中写翠竹丛生、鸣蝉四起、红蕖照水、雨后天凉等来分析，可知它是写于元丰六年夏末秋初之际。

三、诵韵味

（一）断文体：判断文体，了解结构

《鹧鸪天》，一名《思佳客》，一名《于中好》，鹧鸪似为一种笙笛类之乐调，词名或与《瑞鹧鸪》同取义于此。至元马臻诗"春回首蓿地，笛怨鹧鸪天"，则似已指词调矣。

《鹧鸪天·林断山明竹隐墙》为宋词，是一首小令。

该词是双调，由七绝两首合并而成；唯后阕换头，改第一句为三字两句。通体平仄，前阕首尾，后阕末句之第三字不能移易，余均与七绝相通。但应仄起，不得用平起。

（二）正字音：依字行腔，乐音自成

本词"竹""白""昨""得""一""日"皆为入声字，顿挫感明显，吟诵时要短促、急切。根据字音走向，依字行腔，便能形成基本吟诵调。

（三）试节奏：平仄相间，韵律自成

本词吟诵时根据平仄之声，即运用"平低仄高"的吟诵规则尝试吟诵，亦能吟出本词的轻重、高低、长短之变化，体会到词的乐音之美感。

（四）品声韵：入短韵长，音韵传情

（1）韵的运用

这首词上下阕押平声韵，为词林正韵第二部"七阳"韵。此韵是最为开阔的一个韵。词中韵字有"墙""塘""香""旁"

"阳""凉"。像这样一首描写隐逸之志的词，本应消极，为什么要用一个开阔的韵呢？这就需要大家仔细体会，试在欢快、闲适，雨后得新凉的背后，看到一个抑郁不得志的隐者形象。

（2）其他声韵的运用

① 上阕：

第一、二句"林断山明竹隐墙，乱蝉衰草小池塘"：

仄声字"断""隐"高读，强调隐居处所环境的僻静。平声字"明""蝉"长吟，韵字"墙""塘"拖长吟诵，延长的是词人闲适安逸之情绪。

第三、四句"翻空白鸟时时见，照水红蕖细细香"：

仄声字"鸟""见""水""细"高声，强调白鸟的自在，荷塘的淡雅。韵字"香"长读，体会荷花香的清淡幽长。

② 下阕：

第一、二句"村舍外，古城旁。杖藜徐步转斜阳"：

仄声字"舍""外"高声，突出地点。"步"高声，强调词人步履舒缓。韵字"旁""阳"拖长诵读，延长的是时间，也是词人郁郁不得志的情绪。

第三、四句"殷勤昨夜三更雨，又得浮生一日凉"：

此句中仄声字较多，其中仄声字"夜""雨""又"高读，入声字"昨、得、一日"亦为仄声字，短促顿挫，体会词人百无聊赖之感。韵字"凉"拖长声音，低缓诵读，体会词人意味深长的消极情绪。

（3）意象

"蝉"意寓凄楚愁绪；"斜阳"意寓暮年，又象征悲伤、凄凉。

（4）主题

避世隐居。

（五）解词意：依义行调，文意通达

  上阕写景，下阕刻画人物形象。上阕描绘了夏末秋初雨后村舍周围烦乱衰落的景象。下阕以乐景衬哀情，天公好雨让词人又得清凉，可不过是又让词人的"浮生"无所事事一日罢了！它表现词人得过且过、日复一日地消磨岁月的消极情绪。

  吟诵时要结合词人被贬黄州的背景，体会其所流露出的消磨时光的无奈与失落，含有辛酸的自嘲之意，以此想象一个郁郁不得志的隐者形象。

（六）调气息：静心诚意，气韵相通

  吟诵时需先调匀呼吸，平心静气。于一呼一吸之间，舒缓高低之中，传递出作者避世隐居、百无聊赖之意。

单元探究：隐逸诗，解人生，品逸致

一、经典溯源

诫子诗
（汉）东方朔

明者处世，莫尚于中；优哉游哉，于道相从。首阳为拙，柳慧为工。饱食安步，以仕代农。依隐玩世，诡时不逢。才尽身危，好名得华，有群累生，孤贵失和。遗馀不匮，自尽无多。圣人之道，一龙一蛇。形现神藏，与物变化，随时之宜，无有常家。

二、活动探究

（一）活动主题

制作隐逸诗人年谱。

（二）活动目标

① 通过了解本单元几位诗人的生平，梳理诗人个人年谱。
② 通过年谱制作，训练知人论诗的学习方法。
③ 探究不同时代隐逸诗的产生根源和文化价值。

（三）活动流程

① 品读诗文，分组确定研究诗人。
② 分组查找资料，制作年谱。
③ 展示诗人年谱，以演讲方式分享不同时代隐逸诗的产生根源和文化价值。

（四）活动评价

小组名称						
小组成员						
活动阶段	分值	评分标准	分值	自评	互评	师评
知识储备展示过程	50	小组分工明确，选择对象合宜	15			
		资料文献精准	20			
		团结合作	15			
年谱展示演讲分享	50	美观准确	15			
		展示精彩	15			
		表达深刻	20			
合计得分						

第六单元 田园诗

21　诗经·小雅·信南山

一、吟诗文

诗经·小雅·信南山

shēn bǐ nán shān　wéi yǔ diàn zhī
信　彼　南　山　，维　禹　甸　之　。

yún yún yuán xí　zēng sūn tián zhī
畇　畇　原　隰　，曾　孙　田　之　。

shàng tiān tóng yún　yù xuě fēn fēn
上　天　同　云　，雨　雪　雰　雰　，

yì zhī yǐ mài mù
益　之　以　霡　霂　。

jì yōu jì wò　jì zhān jì zú　shēng wǒ bǎi gǔ
既　优　既　渥　，既　沾　既　足　，生　我　百　谷　。

jiāng yì yì yì　shǔ jì yù yù
疆　场　翼　翼　，黍　稷　彧　彧　。

zēng sūn zhī sè　yǐ wéi jiǔ shí
曾　孙　之　穑　，以　为　酒　食　。

bì wǒ shī bīn　shòu kǎo wàn nián
畀　我　尸　宾　，寿　考　万　年　。

zhōng tián yǒu lú　jiāng yì yǒu guā
中　田　有　庐，疆　埸　有　瓜。

shì bō shì zū　xiàn zhī huáng zǔ
是　剥　是　菹，献　之　皇　祖。

zēng sūn shòu kǎo　shòu tiān zhī hù
曾　孙　寿　考，受　天　之　祜。

jì yǐ qīng jiǔ　cóng yǐ xīng mǔ　xiǎng yú zǔ kǎo
祭　以　清　酒，从　以　骍　牡，享　于　祖　考。

zhí qí luán dāo　yǐ qǐ qí máo　qǔ qí xuè liáo
执　其　鸾　刀，以　启　其　毛，取　其　血　膋。

shì zhēng shì xiǎng　bì bì fēn fēn
是　烝　是　享，苾　苾　芬　芬。

sì shì kǒng míng　xiān zǔ shì huáng
祀　事　孔　明，先　祖　是　皇。

bào yǐ jiè fú　wàn shòu wú jiāng
报　以　介　福。万　寿　无　疆。

二、知历史

《小雅·信南山》出自中国古代第一部诗歌总集《诗经》。这是一首描写周王祭祖祈福的乐歌，表现出周朝作为一个农耕社会的文化特色。此篇写岁末之冬祭，是一年的农事完毕以后的最后一次祭典，周人以农立国，非常重视农业生产，奉播植

百谷的农神后稷为始祖，为了取得丰收，经常举行祭祀活动，而在年终的祭歌中着力歌唱农事，则是很自然的事了。此诗对于后人研究古代的井田制很有参考价值。

三、诵韵味

（一）断文体：判断文体，了解结构

《信南山》是先秦民歌，四言押韵诗歌。

（二）正字音：依字行腔，乐音自成

信：音 shēn，即"伸"，延伸。

甸：治理。

畇：音 yún，平整田地。

原隰：泛指全部田地。隰：音 xí，低湿之地。

霢霂：音 mài mù，小雨。

埸：音 yì，田界。

翼翼：整齐貌。

彧彧：音 yù，同"郁郁"，茂盛貌。

畀：音 bì，给予。

菹：音 zū，腌菜。

骍：音 xīng，赤黄色（栗色）的马或牛。

牡：雄性兽，此指公牛。

鸾刀：带铃的刀。

膋：音 liáo，脂膏，此指牛油。

苾：音 bì，浓香。

（三）品声韵：入短韵长，音韵传情

诗中入声字"隰""雪""益""渥""足""百""谷""翼"

"稷""穑""食""剥""执""血""苾""福"吟时短促急切。用韵多为开口音，气势恢宏，体现祈福的至诚。第一章顺应地形、水势而治田。第二章写风调雨顺。天上彤云密布，瑞雪纷纷，加之小雨如酥，润泽大地，五谷丰登。第三章写酒食祭祖。地界整齐，庄稼茂盛，曾孙收获，酿造美酒，敬祭神主，厚待宾客，静享清福，万寿无疆。第四章写瓜菹献祭。田中有庐，地畔种瓜，剥削干净，腌渍上供，敬献先祖。曾孙长命百岁，都是受上天佑护。第五章写清酒牺牲。先以清酒祭献，继之以红色雄牛作牲，一并敬献先祖享受。曾孙作为主祭之人，手执带鸾铃之刀，剥开皮毛，取出血脂，干干净净敬献先祖。第六章写祭典礼成。冬祭进享，祭品芬芳。祭祀隆重，先祖光彩。回报子孙大福大贵，万寿无疆。

（四）解诗意：依义行调，文意通达

周王朝的先祖后稷，就是传说中播植百谷的农神。周人以农立国，自然非常重视农业生产。为了取得丰收，经常举行各种祭祀活动。在年终的祭祀中，着力歌唱农业生产。本诗是一首农业大丰收之后，王家祭祖祖先，乞求保佑的乐歌。很多章句侧重于对农业生产的描绘，这也表现了周朝作为一个农耕社会的文化特色。

22　饮酒·其五（陶渊明）

一、吟诗文

饮酒·其五

（魏晋）陶渊明

结庐在人境，而无车马喧。

问君何能尔？心远地自偏。

采菊东篱下，悠然见南山。

山气日夕佳，飞鸟相与还。

此中有真意，欲辨已忘言。

二、知历史

据《史记》记载，陶渊明的身世可以说是非常的显赫的，陶渊明的曾祖父陶侃是东晋开国功臣，官至大司马，都督八州军事、荆江二州刺史，封长沙郡公。但是由于父亲早死，家道中落，东晋又是一个光明和黑暗并存的精彩纷呈的历史时期，交织着杀戮、风流、奢华、门阀制度。而他选择长归园田，不再出仕，亲执耒耜，躬自劳作。陶渊明的组诗《饮酒二十首》并不是酒后遣兴之作，而是诗人借酒为题，写出对现实的不满和对田园生活的喜爱，是为了在当时十分险恶的环境下借醉酒来逃避迫害的作品。

三、诵韵味

（一）断文体：判断文体，了解结构

《饮酒·其五》为五言古体诗。

（二）正字音：依字行腔，乐音自成

本诗"结""菊""日""夕""欲"皆为入声字，顿挫感明显，吟诵时入声字要短促、急切。吟诵时可根据字音走向，依字行腔，便能形成基本吟诵调。

（三）试节奏：平仄相间，韵律自成

本诗属于古体诗，不用按照格律、节奏来分析。

（四）品声韵：入短韵长，音韵传情

（1）韵的运用

本诗押平声同调异部"元""先""删"三个韵。这些韵现在都为"an"韵，都有伸展下沉之感，非常厚重。本诗韵字为：喧、偏、山、还、言。诗中传达的是舒缓从容之感。诗中多用开口音，声韵明朗，气象淡远。

（2）其他声韵的运用

第一句"结庐在人境，而无车马喧"：

长表示延展：韵字"喧"拖长音读，延展的是无世俗纷扰的好心情。

第二句"问君何能尔？心远地自偏"：

长表示延展：韵字"偏"字拖长诵读，体会诗人身居闹市，内心却如同居于偏僻之地的从容。

第三句"采菊东篱下，悠然见南山"：

诗中每一句结尾的平声字居多，本句中"悠然""南山"都可拖长吟诵，人闲逸而自在，山静穆而高远，延长的是舒缓从容之感。

第四句"山气日夕佳，飞鸟相与还"：

本句入声字"日""夕"短读，仄声字"气""鸟""与"可重读，强调山中美景，飞鸟倦归，诗人归隐，天人合一之感。

第五句"此中有真意，欲辨已忘言"：

此句十字有七字都为仄声字，其中"欲"还为入声字，吟诵时重读，强调诗人心中的真意，尽在这些仄声之中，无以言表。韵字"言"拖长诵读，拖长的是诗人自得其乐的情趣。

（3）意象

本诗"酒""菊"是最鲜明的两个意象。菊花是泡酒的主要材料，自此诗后，"菊"便成了隐士的象征。魏晋之人尤爱喝酒，借酒来抒发愤懑、蔑视权贵、追求自由的情操。

（4）主题

任性自然、隐居避世。

（五）解诗意：依义行调，文意通达

"结庐在人境"前四句，就是写诗人精神上摆脱了世俗环境的干扰之后所产生的感受。"采菊东篱下，悠然见南山。山气日夕佳，飞鸟相与还。"此四句叙写诗人归隐之后精神世界和自然景物浑然契合的那种悠然自得的神态。"此中有真意，欲辨已

忘言。"诗末两句，诗人言及自己从大自然的美景中领悟到了人生的意趣，表露了纯洁自然的恬淡心情。

因此，本诗的感情基调是轻松自得而又舒缓从容的。第一句"结庐在人境，而无车马喧"起调要平，语气轻松愉悦。第二句"问君何能尔？心远地自偏"承接上句可稍低稍慢，体会自得之情。第三句"采菊东篱下，悠然见南山"总体稍高，语气仍然缓慢。第四句"山气日夕佳，飞鸟相与还"可最高，强调山中美景，天人合一。第五句"此中有真意，欲辨已忘言"又恢复低缓，体会诗人纯洁自然的恬淡心情和自得其乐的情趣。

（六）调气息：静心诚意，气韵相通

吟诵时需先调匀呼吸，平心静气。吟诵时声音里有回归本心、自在满足之意，气息要流畅不滞。

23　观刈麦（白居易）

一、吟诗文

观刈麦
（唐）白居易

tián jiā shǎo xián yuè　wǔ yuè rén bèi máng
田　家　少　闲　月，五　月　人　倍　忙。

yè lái nán fēng qǐ　xiǎo mài fù lǒng huáng
夜　来　南　风　起，小　麦　覆　陇　黄。

fù gū hè dān shí　tóng zhì xié hú jiāng
妇　姑　荷　箪　食，童　稚　携　壶　浆，

xiāng suí xiǎng tián qù　dīng zhuàng zài nán gāng
相　随　饷　田　去，丁　壮　在　南　冈。

zú zhēng shǔ tǔ qì　bèi zhuó yán tiān guāng
足　蒸　暑　土　气，背　灼　炎　天　光，

lì jìn bù zhī rè　dàn xī xià rì cháng
力　尽　不　知　热，但　惜　夏　日　长。

fù yǒu pín fù rén　bào zǐ zài qí páng
复　有　贫　妇　人，抱　子　在　其　旁，

第六单元　田园诗

右手秉遗穗，左臂悬敝筐。

听其相顾言，闻者为悲伤。

家田输税尽，拾此充饥肠。

今我何功德？曾不事农桑。

吏禄三百石，岁晏有余粮，

念此私自愧，尽日不能忘。

二、知历史

贞元十六年（800年），白居易为应考再次进京，中第四名进士。授秘书省校书郎，改盩厔（今陕西周至）县尉。任县尉期间，县尉在县里主管缉捕盗贼、征收捐税等事。正因为白居易主管此事，所以他对劳动人民在这方面所受的灾难也知道得最清楚：诗人想到自己四体不勤却饱食禄米，内心十分惭愧。于是直抒其事，表达了对劳动人民的深切同情。

三、诵韵味

（一）断文体：判断文体，了解结构

《观刈麦》是五言古体诗，形式自由，不受格律的束缚。不拘对仗、平仄。结构上分为四大部分，遵循起承转合。

（二）正字音：依字行腔，乐音自成

本诗"麦""月""覆""食""足""灼""力""不""热""惜""日""复""拾""德""禄""百""石"皆为入声字，顿挫感明显，吟诵时入声字要短促、急切，根据字音走向，依字行腔，便能形成基本吟诵调。

（三）试节奏：平仄相间，韵律自成

本诗属于古体诗，不用按照格律、节奏来分析，遵循"入短韵长、依字行腔、依意行调"的读法即可。

（四）品声韵：入短韵长，音韵传情

（1）韵的运用

本诗押下平"七阳"韵，此韵是最为开阔向上的韵。本诗韵字有：忙、黄、浆、冈、光、长、旁、筐、伤、肠、桑、粮、忘。此韵在本诗中有"丰收忙碌，富足幸福"之意，以乐景衬哀情。

（2）其他声韵的运用（仅列举部分句子分析）

"妇姑荷箪食，童稚携壶浆"：

长表示延展：韵字"浆"拖长音吟读，延展的是农家妇孺老少一同忙碌的场景。

"相随饷田去，丁壮在南冈"：

长表示延展：韵字"冈"拖长吟诵，延展的是"人倍忙"

的紧张气氛。

"足蒸暑土气，背灼炎天光"：

长表示延展：韵字"光"字长吟，延展的是诗人对农民在烈日下劳作的同情。

"力尽不知热，但惜夏日长"：

长表示延展：韵字"长"字长吟，延展的是农民对麦子的珍惜之情。

入声字"力""不""热""惜""日"短促顿挫，本句十个字就有五个入声字，足以体现劳动的不易。

（3）意象

"暑土气""炎天光"极言农民"虎口夺粮"之艰辛。

（4）主题

刺时叹世，讽喻诗。

（五）解诗意：依义行调，文义通达

白居易之诗具有现实意义，《观刈麦》以毫不夸张的写实手法对造成人民贫困之源的繁重租税提出指责，对于自己无功无德又不劳动却能丰衣足食而深感愧疚，表现了一个有良心的封建官吏的人道主义精神。

因此吟诵的时候，这首诗声音开阔却又饱含深深的同情和不满。第一部分语调以平缓为主。第二部分可以由低走高，体会忙碌不易。第三部分以低缓沉郁为主，体会贫苦艰辛。第四部分可以由高质问自己，转至低语惭愧之意。

（六）调气息：静心诚意，气韵相通

吟诵时需先调匀呼吸，平心静气。吟诵时从气息中传递出凝重悲叹之情。

24　清平乐·村居（辛弃疾）

一、吟诗文

清平乐·村居

（宋）辛弃疾

máo yán dī xiǎo, xī shàng qīng qīng cǎo。zuì lǐ wú
茅 檐 低 小，溪 上 青 青 草。醉 里 吴

yīn xiāng mèi hǎo, bái fà shuí jiā wēng ǎo? dà ér chú dòu
音 相 媚 好，白 发 谁 家 翁 媪？大 儿 锄 豆

xī dōng, zhōng ér zhèng zhī jī lóng。zuì xǐ xiǎo ér wú
溪 东，中 儿 正 织 鸡 笼。最 喜 小 儿 亡

lài, xī tóu wò bāo lián péng。
赖，溪 头 卧 剥 莲 蓬。

二、知历史

在无数郁郁不得志的文人中，辛弃疾是唯一征战过疆场的大词人。虽然辛弃疾一心报国，意欲收复失地，但是南宋朝庭积弱，高宗对他有所猜忌，而孝宗虽然主战，但也不曾重用辛弃疾，正当壮年的他只好罢官，在带湖（江西上饶）、瓢泉（江西韶山）一带闲居。心中的理想与眼前的现实差距巨大，致使辛弃疾的一腔愤懑无法排遣，只好借词令一抒胸臆。这首小令，

正是作者晚年遭受议和派排斥和打击，归隐上饶地区闲居农村时所写。

三、诵韵味

(一) 断文体：判断文体，了解结构

清平乐，原为唐教坊曲名，后用作词牌名，又名"清平乐令""醉东风""忆萝月"，为宋词常用词牌。此调正体双调八句四十六字，前片四仄韵，后片三平韵。晏殊、晏几道、黄庭坚、辛弃疾等词人均用过此调，其中晏几道尤多。同时又是曲牌名，属南曲羽调。

《清平乐·村居》为宋词，是一首小令。

该词分为上下两阕，描绘了一幅乡村风景画，这幅画视线从茅屋散开去，溪上、溪东、溪头田园生活尽显眼前，色彩活泼，动静结合，幸福美好。

(二) 正字音：依字行腔，乐音自成

本词"白""发""织""剥"皆为入声字，顿挫感明显，吟诵时要短促、急切。根据字音走向，依字行腔，便能形成基本吟诵调。

(三) 试节奏：平仄相间，韵律自成

本词是一首小令，亦属于近体诗。吟诵时根据平仄之声，运用"平低仄高"的吟诵规则尝试吟诵，亦能吟出本词的轻重、高低、长短之变化，体会到词的乐音之美感。

(四) 品声韵：入短韵长，音韵传情

（1）韵的运用

这首词上阕中的韵字"草""好""媪"属于词林正韵第八

部上声"十九皓"韵，此韵韵字有"皓""宝""藻""早""枣""老""好""道""稻""草""媪"等，上声字做韵特别婉转、细腻，这里表达美好珍爱、亲密的情感。下阕中的韵字"东""笼""蓬"属于第一部平声"东"韵，此韵韵字有"东""同""童""中""衷""风""笼""篷"等。此韵在词中传递的是中正、通达、流畅之意。

（2）其他声韵的运用

① 上阕：

第一句"茅檐低小"：

平声字"檐"长读，想象一家人共同居住在矮小茅屋的画面。

第二句"溪上青青草"：

平声字"青"拖长诵读，延展的是溪边那一大片绿油油的青草。

第三句"醉里吴音相媚好"：

仄声字"醉里"起调要高，强调老夫妇的和乐。

第四句"白发谁家翁媪"：

入声字"白""发"短促高读，强调两位老人都已白发苍苍。

② 下阕：

第一、二句"大儿锄豆溪东，中儿正织鸡笼"：

韵字"东""笼"拖长诵读，传达出大儿子、二儿子辛勤劳作的场面。

第三句"最喜小儿无赖"：

开头连用三个仄声字"最""喜""小"，起调要高，语速稍快，强调老夫妇对小儿子的喜爱之情。

尾句"溪头卧剥莲蓬"：

入声字"剥"短促，平声字"莲"、韵字"蓬"拖长诵读，体会小儿子躺在溪边剥莲蓬的有趣画面。

（3）意象

"青青草"暗用谢灵运《登池上楼》"池塘生春草"语意，说明春到农村，生机无限，又是农忙季节。

（4）主题

状景抒怀、任性自然。

(五)解词意：依义行调，文意通达

这是一首以恬静的乡村生活为背景的清新小词，字里行间充满了浓郁的生活气息。上阕寥寥数笔就为我们勾勒出这个五口之家的居住环境及生活场景；词的下阕将三个儿子的形象塑造得惟妙惟肖。

这首词基调轻松、愉悦。吟诵时要体会词曲的整体旋律框架之美，通过对温馨画面的想象，体会词人此时由衷的喜悦以及对恬静的田园生活的向往之意。

(六)调气息：静心诚意，气韵相通

吟诵时需先调匀呼吸，平心静气。于一呼一吸之间，平平淡淡之中，传递出词人淳厚的情感和天人合一的圆融。

单元探究：田园诗，画乡土，品闲情

一、经典溯源

归去来兮辞
（魏晋）陶渊明

归去来兮，田园将芜胡不归？既自以心为形役，奚惆怅而独悲？悟已往之不谏，知来者之可追。实迷途其未远，觉今是而昨非。舟遥遥以轻飏，风飘飘而吹衣。问征夫以前路，恨晨光之熹微。

乃瞻衡宇，载欣载奔。僮仆欢迎，稚子候门。三径就荒，松菊犹存。携幼入室，有酒盈樽。引壶觞以自酌，眄庭柯以怡颜。倚南窗以寄傲，审容膝之易安。

园日涉以成趣，门虽设而常关。策扶老以流憩，时矫首而遐观。云无心以出岫，鸟倦飞而知还。景翳翳以将入，抚孤松而盘桓。

归去来兮，请息交以绝游。世与我而相违，复驾言兮焉求？悦亲戚之情话，乐琴书以消忧。

农人告余以春及，将有事于西畴。或命巾车，或棹孤舟。既窈窕以寻壑，亦崎岖而经丘。木欣欣以向荣，泉涓涓而始流。善万物之得时，感吾生之行休。

已矣乎！寓形宇内复几时？曷不委心任去留？胡为乎遑遑欲何之？富贵非吾愿，帝乡不可期。怀良辰以孤往，或植杖而耘耔。

登东皋以舒啸，临清流而赋诗。聊乘化以归尽，乐夫天命复奚疑！

二、活动探究

（一）活动主题

妙笔生花，复现古诗。

（二）活动目标

① 通过反复吟诵，想象诗中画面。
② 通过口头交流，再现诗中画面。
③ 通过绘画，将诗的意象情景复原。

（三）活动流程

① 分组解读古诗意象。
② 分别绘画古诗景色风光。
③ 制作展示墙展示诗配画。

（四）活动评价

小组名称						
小组成员						
活动阶段	分值	评分标准	分值	自评	互评	师评
解读古诗意象	50	小组分工明确，选择对象合宜	15			
		资料文献精准	20			
		团结合作	15			
诗配画展示	50	美观	15			
		清晰准确	15			
		展示精彩	20			
合计得分						

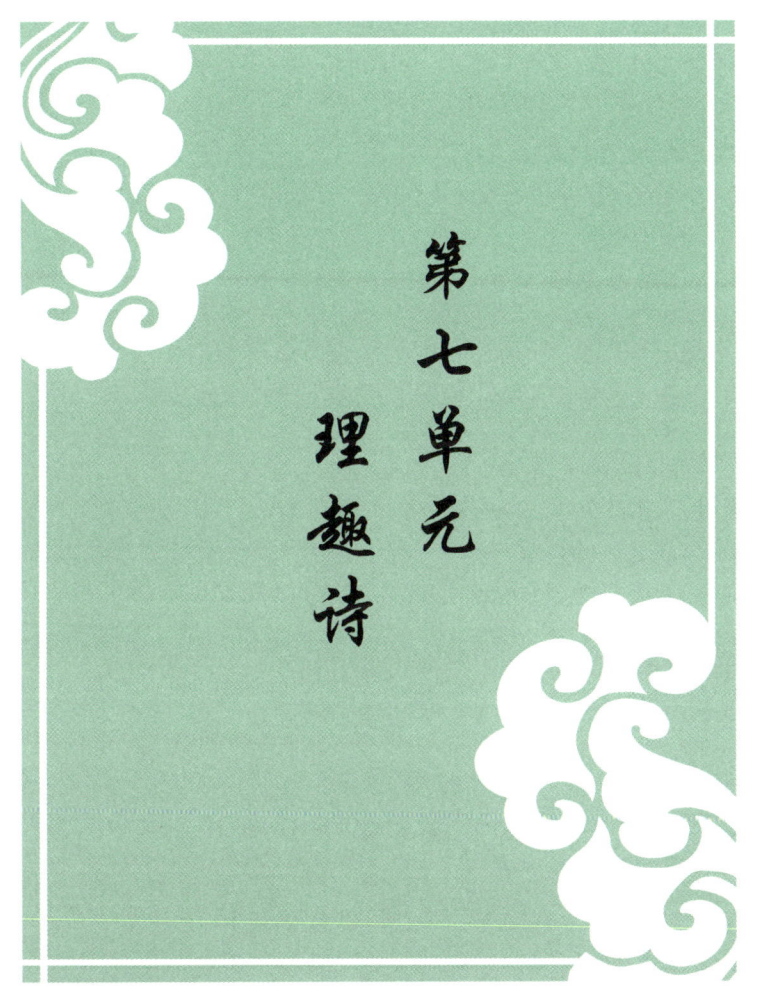

第七单元
理趣诗

25　诗经·小雅·鹤鸣

一、吟诗文

诗经·小雅·鹤鸣

hè　míng　yú　jiǔ　gāo　　shēng　wén　yú　yě
鹤　鸣　于　九　皋，声　　闻　于　野。

yú　qián　zài　yuān　　huò　zài　yú　zhǔ
鱼　潜　在　渊，　或　在　于　渚。

lè　bǐ　zhī　yuán　　yuán　yǒu　shù　tán　　qí　xià　wéi　tuò
乐　彼　之　园，　爰　有　树　檀，其　下　维　萚。

tā　shān　zhī　shí　　kě　yǐ　wéi　cuò
他　山　之　石，可　以　为　错。

hè　míng　yú　jiǔ　gāo　　shēng　wén　yú　tiān
鹤　鸣　于　九　皋，声　　闻　于　天。

yú　zài　yú　zhǔ　　huò　qián　zài　yuān
鱼　在　于　渚，或　潜　在　渊。

lè　bǐ　zhī　yuán　　yuán　yǒu　shù　tán　　qí　xià　wéi　gǔ
乐　彼　之　园，爰　有　树　檀，其　下　维　谷。

tā shān zhī shí　kě yǐ gōng yù
他 山 之 石，可 以 攻 玉。

二、知历史

《鹤鸣》是我国最早的哲理诗，为古诗言哲理之祖。所谓哲理诗，就是诗人以自己的慧眼灵心对社会和人生进行思考探索，将所体验的深邃哲理包孕在鲜明的艺术形象中的诗歌。《毛传》说："鹤鸣，诲宣王也。"是说这是一首大臣教诲年轻的周宣王要有宽阔胸怀的诗篇。周宣王是西周晚期的王，所以诗篇应为西周晚期作品，其创作动机是开拓听者的心胸。

三、诵韵味

（一）断文体：判断文体，了解结构

《鹤鸣》是先秦民歌，四言押韵诗歌。

（二）正字音：依字行腔，乐音自成

九皋（gāo）：九，虚数；皋，沼泽地。
爰（yuán）：于是。
檀（tán）：常指豆科的黄檀，紫檀。这里用来比喻贤人。
萚（tuò）：酸枣一类的灌木。这里用来比喻小人。
榖（gǔ）：树木名，即楮树，其树皮可作造纸原料。这里用来比喻小人。

（三）品声韵：入短韵长，音韵传情

诗中入声字"鹤""或""乐""萚""石""错""玉""谷"

吟时短促、急切。

每章开头的"鹤鸣于九皋"的句子，展现的是阔大而曲折无尽的山林薮泽，回荡的是上达于九天的声声鹤鸣，意境幽深迥远，颇带几分神秘；继而鱼鸟、林木，排叠而出，原来"乐彼之园"就是活生生的大千世界。然而，大千世界要永葆其活力，永葆其无限丰富，就需要永远的兼容，有如此心态，"他山之石"方能为我所用，方可得天地的全美。诗篇描写了活泼的世界，显示了活泼的心智。吟咏时展现的景象是生机勃勃的，整首诗篇的格调是昂扬向上的。眼前的世界已经够大够丰富，然而诗篇还是要激励人们以更大的心胸看待世界，对待生活。提醒着人们心灵是超越的、无限的。

（四）解诗意：依义行调，文意通达

诗中，诗人首先是被气象不凡的王家园林气象所感动、所吸引，然后由此激发出他新的生活感悟。诗人的眼睛始终是被眼前园林之美吸引的，他要倾其全力把眼前的园林美感展现出来。所以，诗中之景不论是树木还是鱼鸟，都充满着生命的光泽，有着明灿的感性形态。但他要敲打一下被眼前景象所迷住的人（或许也包括他自己），令其从世界大天地看眼前园林的小天地，园林小天地尽管很能包容，然而还不够，还要像大天地那样无所不容。"他山之石"的句子，就是要点出这样的心灵智慧。

26　竹石（郑燮）

一、吟诗文

竹石

（清）郑燮

yǎo dìng qīng shān bú fàng sōng
咬 定 青 山 不 放 松，

lì gēn yuán zài pò yán zhōng
立 根 原 在 破 岩 中。

qiān mó wàn jī huán jiān jìn
千 磨 万 击 还 坚 劲，

rèn ěr dōng xī nán běi fēng
任 尔 东 西 南 北 风。

二、知历史

清代康熙年间，文坛把"难得糊涂"的郑板桥列入"扬州八怪"之一。郑板桥为官期间爱民如子，任潍县县令时，正逢荒年，他不顾别人劝阻，开仓贷粮，令老百姓写借条，救活一万多人。他大兴土木，修建水池，招收饥民工作就食。当年入秋又歉收，郑燮就把老百姓的借条一把火烧掉。他对于民事处理公正，十二年没有一件冤案。《竹石》这四句诗，几乎就是他这一时期人生目标的写照。

三、诵韵味

（一）断文体：判断文体，了解结构

《竹石》为仄起的七言绝句。遵循起承转合的结构。

（二）正字音：依字行腔，乐音自成

本诗"不""立""击""北"皆为入声字，顿挫感明显，吟诵时要短促、急切。

"千磨万击还坚劲"的"还""劲"为多音字，此处为"huán""jìn"。

（三）试节奏：平仄相间，韵律自成

根据格律诗"五言三重，七言五重，句句皆有重音"的吟诵规则，可见诗中"不""破""还""南"是重音。按平长仄短的规则吟诗，会发现本诗第一句第四个字"山"长吟，第二句第二个字"根"长吟，第三句第二个字"磨"长吟，第四句第四个字"西"长吟。

（四）品声韵：入短韵长，音韵传情

（1）韵的运用

这首诗押上平"一东"韵，此韵大雅春融。有"风""中""空""红""东""同""翁""宫""公""通"等韵字，都是很圆润、通透、大气的音，本诗韵字为：松、中、风。此韵表达的是诗人中正的内心和笃定的意志。本诗在古代属于比较口语化的，非常生动。

（2）其他声韵的运用

第一句"咬定青山不放松"：

高表示强调，重表示明确：首句"定"字重读，表现出斩钉截铁的感觉。入声字"不"短促、有力地表达出坚定不移的态度。

长表示延展：韵字"松"要拖长诵读，突出竹子傲然挺立的气势。

第二句"立根原在破岩中"：

重表示明确，长表示延展："根""岩"二字长读，"破"字重读，韵字"中"拖长诵读，想象竹子生长环境的恶劣和艰苦。

第三句"千磨万击还坚劲"：

长表示延展："磨"字读长，体会竹子久经磨砺。

高表示强调："劲"高声重读，强调竹子百折不挠的品格。

第四句"任尔东西南北风"：

长表示延展：韵字"风"拖长了诵读，体会竹子与险恶环境作斗争的决心和信心。

另外，这首诗用了很多鼻音字，很好地突出了坚韧的感觉。

（3）意象

"竹"在古诗文意象中具有独特的寓意。竹是"花中四君子"之一，因为具有正直、常青、中空、有节的特点，所以世人常用它来寓意君子之风。

（4）主题

咏物言志。

（五）解诗意：依义行调，文意通达

这是一首诗人题在自己画作《竹石图》上的诗。诗歌前两句通过"咬""立"展现了竹子的顽强的生命力和坚韧不拔的精神。后两句进一步赞美竹子：无论风霜雨雪，还是闪电雷霆，它自岿然不动、傲骨凛然。读完这首诗，不由得让人发出赞叹：多么刚毅顽强、傲骨铮铮的竹子！

因此，全诗的基调为坚定的赞扬语气。第一句"咬定青山不放松"起调要高，体会坚定不移、斩钉截铁的语气。第二句"立根原在破岩中"承接上句，语调稍平和。第三句"千磨万击还坚劲"语调稍高，体会坚韧的气节。第四句"任尔东西南北风"末句语调稍高，吟出决心和信心。

（六）调气息：静心诚意，气韵相通

吟诵时需先调匀呼吸，平心静气。于一呼一吸间，传达出对竹子的赞美，对高洁人格的追求，感受万物一体的天道。

27 登飞来峰（王安石）

一、吟诗文

登飞来峰

（宋）王安石

飞来山上千寻塔，
闻说鸡鸣见日升。
不畏浮云遮望眼，
自缘身在最高层。

二、知历史

《登飞来峰》是1050年夏天，王安石在浙江鄞县做知县，任满以后回江西临川故乡，路过杭州时所写。这一年王安石三十岁。此时的他初涉宦海，年少气盛，抱负不凡，正好借登飞来峰一抒胸臆，表达宽阔情怀，可看作实行新法的前奏。王安石在立志改革的同时，也看到儒家顽固派必然会拼死反对。他在诗中把顽固派比作"浮云"，认为它虽然可以一时遮掩人们的眼目，但终将在历史的长空中消失。

三、诵韵味

（一）断文体：判断文体，了解结构

《登飞来峰》为平起的七言绝句。遵循起承转合的结构。

（二）正字音：依字行腔，乐音自成

本诗"塔""说""日""不"皆为入声字，顿挫感明显，吟诵时入声字要短促、急切。吟诵时根据字音走向，依字行腔，便能形成基本吟诵调。

（三）试节奏：平仄相间，韵律自成

根据格律诗"五言三重，七言五重，句句皆有重音"的吟诵规则，可见诗中"千""见""遮""最"为重音。按平长仄短的规则吟诗，会发现本诗"来""鸣""云""缘"字长吟。

（四）品声韵：入短韵长，音韵传情

（1）韵的运用

本诗押下平"十蒸"韵，这个韵像"eng"韵，蒸韵是细长的上升，韵字有"蝇""绳""蒸""腾""兴""升""鹰"等。本诗韵字为：升、层。诗中表达的是进取精神。

（2）其他声韵的运用

第一句"飞来峰上千寻塔"：

高表示强调：入声字"塔"亦为仄声字，吟得短促、顿挫、高声，极言塔之高险。

长表示延展：平声字"来"字长吟，体会飞来峰的高远。

第二句"闻说鸡鸣见日升"：

高表示强调：入声字"说""日"亦为仄声字，要吟得短促、高声，强调蓬勃之气。

长表示延展：平声字"鸣"、韵字"升"长吟，延长的是

目及万里，声闻遐迩之气势。

第三句"不畏浮云遮望眼"：

高表示强调：入声字"不"吟得短促，仄声字"畏""遮望眼"吟得高，强调诗人不畏奸邪之勇气与决心。

第四句"自缘身在最高层"：

长表示延展：平声字"缘""高"字与韵字"层"长吟，延展的是诗人高瞻远瞩的豪迈气概。

（3）意象

"飞来峰""千寻塔"意寓其立足点之高；"日升"意寓其朝气蓬勃，胸怀大志；"浮云"则象征邪臣蔽贤。

（4）主题

哲理诗。

（五）解诗意：依义行调，文意通达

本诗表现了诗人为实现自己的政治抱负而勇往直前、无所畏惧的进取精神。这首诗与一般的登高诗不同，没有过多地写眼前之景，只写了塔高，重点写自己登临高处的感受，寄寓"站得高才能望得远"的哲理。表现了一个政治变革家拨云见日、高瞻远瞩的思想境界和豪迈气概。

因此，全诗基调为豪迈进取。吟诵时，第一句"飞来峰上千寻塔"起调高，体会诗人的高瞻远瞩。第二句"闻说鸡鸣见日升"承接第一句，可顺势稍低。体会蓬勃待发之气势。第三句"不畏浮云遮望眼"语调可由低向高，感受诗人不畏奸邪之勇气与决心。第四句"自缘身在最高层"语调可稍低稍缓，体会诗人高远境界。

（六）调气息：静心诚意，气韵相通

吟诵时需先调匀呼吸，平心静气。吟出不畏奸邪昂扬豪迈之气。

28　青玉案·元夕（辛弃疾）

一、吟诗文

青玉案·元夕
（宋）辛弃疾

东风夜放花千树，更吹落，星如雨。宝马雕车香满路。凤箫声动，玉壶光转，一夜鱼龙舞。蛾儿雪柳黄金缕，笑语盈盈暗香去。众里寻他千百度，蓦然回首，那人却在，灯火阑珊处。

二、知历史

当时，强敌压境，而南宋统治阶级却沉湎于歌舞享乐。满腹的激情、哀伤、怨恨，交织成了这幅元夕求索图。近代王国维《人间词话》云：古今之成大事业、大学问者，必经过三种之境界："昨夜西风凋碧树。独上高楼，望尽天涯路。"此第一境也。"衣带渐宽终不悔，为伊消得人憔悴。"此第二境也。"众里寻他千百度，蓦然回首，那人却在灯火阑珊处。"此第三境也。此等语皆非大词人不能道。

三、诵韵味

（一）断文体：判断文体，了解结构

青玉案，词牌名，取于东汉张衡《四愁诗》"美人赠我锦绣段，何以报之青玉案"一诗。又名《横塘路》《西湖路》，双调六十七字，前后阕各五仄韵，上去通押。辛弃疾、贺铸、黄公绍、李清照等人都写过青玉案。

《青玉案·元夕》为宋词，是一首中调。

该词原是双调，上下阕相同，只是上阕第二句变成三字一断的叠句，跌宕生姿。下阕则无此断叠，一片三个七字排句，可排比，可变幻，遂词人的心意，但排句之势是一气呵成的，单单等到排比完了，才逼出了家喻户晓的警策句。

（二）正字音：依字行腔，乐音自成

本词"落""玉""一""雪""百""蓦""却"皆为入声字，顿挫感明显，吟诵时要短促、急切。根据字音走向，依字行腔，便能形成基本吟诵调。

（三）试节奏：平仄相间，韵律自成

本词吟诵时根据平仄之声，即运用"平低仄高"的吟诵规则尝试吟诵，亦能吟出本词的轻重、高低、长短之变化，体会

到词的乐音之美感。

（四）品声韵：入短韵长，音韵传情

（1）韵的运用

这首词上下阕，上去通押，为词林正韵第四部的上声"六语""七麌"和去声"遇"部，大都是"u""ü"韵母，开口较小，有悠长细腻之感。词中韵字有"树""雨""路""舞""缕""去""度""处"。此韵在本词中传递出婉转的情绪。

（2）其他声韵的运用

① 上阕：

第一句"东风夜放花千树，更吹落，星如雨"：

仄声字"夜放"高读，强调元宵夜焰火的热烈。平声字"风""千"长吟，韵字"树"拖长吟诵，延长的是元宵夜花灯的多，体会韵字"u"口腔较小时，声音里的含蓄之感。"如"长读，韵字"雨"拖长诵读，延长的是焰火多而美。入声字"落"亦为仄声字，高声短促，体会鞭炮齐放，但繁华转瞬即逝。

第二句"宝马雕车香满路"：

仄声字"满"高声，突出游人的多。

第三句"凤箫声动，玉壶光转，一夜鱼龙舞"：

入声字"玉""一"和第一句中的"落"一样，短促而轻快，体会鞭炮齐放，但繁华转瞬即逝。韵字"舞"拖声长读，拖长的是彩灯舞动的时间之长。

② 下阕：

第一句"蛾儿雪柳黄金缕，笑语盈盈暗香去"：

平声字"儿""金""盈""香"长读，韵字"缕""去"拖长诵读，延展的是身着盛装游人的美和多。

第二、三句"众里寻他千百度，蓦然回首，那人却在，灯火阑珊处"：

仄声字"众里""百""却在"高读，强调那人的不同流俗。韵字"处"拖长声音，体会喧闹之中和阑珊之处的对比下的意味深长之感。

（3）意象

礼花、灯笼、灯火意寓元夕盛况；宝、雕、凤、玉有对词中女中人公的赞美之意。

（4）主题

理趣诗，言志抒怀。

（五）解词意：依义行调，文意通达

词的上阕，极写元夕歌舞繁盛的热闹景象。下阕写寻觅意中人的过程。

这是一首理趣词的佳作。词人自比灯火阑珊处的"那人"，借此来表露其不受重用，无比惆怅，只能在一旁孤芳自赏的心情。吟诵时，要尝试在脑海中将万人狂欢的热闹景象与"那人"独立灯火阑珊处进行对比，想象其中的极热闹与极孤独。了解本词通过以喻说理的角度，来表达词人被冷落后不肯同流合污的高士之风。

（六）调气息：静心诚意，气韵相通

吟诵时需先调匀呼吸，平心静气。于一呼一吸之间，舒缓高低之中，传递出作者细腻婉转之意。

单元探究：理趣诗，格物语，品哲理

一、经典溯源

古之欲明明德于天下者，先治其国；欲治其国者，先齐其家；欲齐其家者，先修其身；欲修其身者，先正其心；欲正其心者，先诚其意；欲诚其意者，先致其知；致知在格物。物格而后知至；知至而后意诚；意诚而后心正；心正而后身修；身修而后家齐；家齐而后国治；国治而后天下平。自天子以至于庶人，壹是皆以修身为本。其本乱而未治者否矣。其所厚者薄，而其所薄者厚，未之有也！

——《礼记·大学》

二、活动探究

（一）活动主题

寻找诗中哲理。

（二）活动目标

① 通过反复吟诵，去探寻诗中哲理。
② 收集资料了解诗中哲理，还有哪些诗文也有此哲理。
③ 探讨诗中哲理，据古论今，链接当代核心价值观。

（三）活动流程

① 分组探讨诗中哲理。
② 查找资料，了解这个哲理的相关文献。
③ 小组内理解思辨，撰写小论文。

（四）活动评价

小组名称						
小组成员						
活动阶段	分值	评分标准	分值	自评	互评	师评
诗中哲理	50	小组分工明确，哲理理解到位	15			
		资料文献广泛	20			
		团结合作	15			
论文展示	50	观点明确	15			
		逻辑清晰，完整	15			
		展示精彩	20			
		合计得分				

第八单元 讽喻诗

29　诗经·魏风·硕鼠

一、吟诗文

诗经·魏风·硕鼠

shuò shǔ shuò shǔ　wú shí wǒ shǔ
硕　鼠　硕　鼠，无　食　我　黍！

sān suì guàn rǔ　mò wǒ kěn gù
三　岁　贯　女，莫　我　肯　顾。

shì jiāng qù rǔ　shì bǐ lè tǔ
逝　将　去　女，适　彼　乐　土。

lè tǔ lè tǔ　yuán dé wǒ suǒ
乐　土　乐　土，爰　得　我　所。

shuò shǔ shuò shǔ　wú shí wǒ mùi
硕　鼠　硕　鼠，无　食　我　麦！

sān suì guàn rǔ　mò wǒ kěn dé
三　岁　贯　女，莫　我　肯　德。

shì jiāng qù rǔ　shì bǐ lè guó
逝　将　去　女，适　彼　乐　国。

lè guó yuè guó　yuán dé wǒ zhí
乐 国 乐 国，爱 得 我 直？

shuò shǔ shuò shǔ　wú shí wǒ miáo
硕 鼠 硕 鼠，无 食 我 苗！

sān suì guàn rǔ　mò wǒ kěn láo
三 岁 贯 女，莫 我 肯 劳。

shì jiāng qù rǔ　shì bǐ lè jiāo
逝 将 去 女，适 彼 乐 郊。

lè jiāo lè jiāo　shuí zhī yǒng háo
乐 郊 乐 郊，谁 之 永 号？

二、知历史

《硕鼠》出自中国古代现实主义诗集《诗经》。自从人类进入阶级社会以后，被剥削阶级反剥削斗争就没有停止过。奴隶社会，逃亡是奴隶反抗的主要形式，殷商卜辞中就有"丧众""丧其众"的记载；经西周到东周春秋时代，随着奴隶制衰落，奴隶由逃亡发展到聚众斗争，如《左传》中就有郑国"萑苻之盗"和陈国筑城者的反抗的记载。《魏风·硕鼠》一诗就是在这一历史背景下产生的。

三、诵韵味

（一）断文体：判断文体，了解结构

《硕鼠》是先秦魏国的民歌，四言押韵诗歌。

（二）正字音：依字行腔，乐音自成

贯：侍奉。
逝：通"誓"，表态度坚决的词。
适：往。
乐土：安居乐业的地方。
爰（yuán）：乃，于是，在那里。
所：处所，此指可以正当生活的地方。

（三）品声韵：入短韵长，音韵传情

诗中入声字"硕""食""莫""适""乐""得""麦""德""国""直"吟时短促、急切，重复出现让诗的节奏强烈，意愿坚决。

三章都以"硕鼠硕鼠"开端，"硕"是大、肥的意思，直呼奴隶主剥削阶级为贪婪可憎的大老鼠、肥老鼠，并以命令的语气发出警告："无食我黍（麦、苗）!"老鼠性喜窃食，形象丑陋又狡黠，借来比拟贪婪的剥削者十分恰当，也表现对其愤恨之情。三四句进一步揭露剥削者贪得无厌而寡恩："三岁贯女，莫我肯顾（德、劳）。"诗中以汝、我对照：我多年养活汝，汝却不肯照顾我，给予我恩惠，甚至连一点安慰也没有，从中揭示了汝、我关系的对立。这里所说的汝、我，都不是单个的人，应扩大为你们、我们，所代表的是一个群体或一个阶层，提出的是谁养活谁的大问题。后四句更以雷霆万钧之力喊出了他们的心声："逝将去女，适彼乐土；乐土乐土，爰得我所！"既认识到汝、我关系的对立，便公开宣布"逝将去女"，决计反抗，不再养活汝！一个"逝"字表现了决断的态度和坚定的决心。

（四）解诗意：依义行调，文意通达

　　自从人类进入阶级社会以后，被剥削阶级反剥削斗争就没有停止过。本诗表达了一种向往追求没有剥削、压迫的人间乐土的社会理想。吟诵时要注意表现出决断的态度和坚定决心。尽管他们要寻找的安居乐业、不受剥削的人间乐土只是一种幻想，现实社会中是不存在的，但却代表着他们的生活憧憬，也是他们在长期生活和斗争中所产生的社会理想，更标志着他们新的觉醒。正是这一美好的生活理想，启发和鼓舞着后世劳动人民为挣脱压迫和剥削不断斗争。

30　泊秦淮（杜牧）

一、吟诗文

泊秦淮

（唐）杜牧

yān lǒng hán shuǐ yuè lǒng shā
烟　笼　寒　水　月　笼　沙，

yè bó qín huái jìn jiǔ jiā
夜　泊　秦　淮　近　酒　家。

shāng nǚ bù zhī wáng guó hèn
商　女　不　知　亡　国　恨，

gé jiāng yóu chàng hòu tíng huā
隔　江　犹　唱　后　庭　花。

二、知历史

六朝古都金陵的秦淮河两岸历来是达官贵人们享乐游宴的场所，"秦淮"也逐渐成为奢靡生活的代称。诗人夜泊于此，眼见灯红酒绿，耳闻淫歌艳曲，他看到统治集团的腐朽昏庸，看到藩镇的拥兵自固，看到边患的频繁，深感社会危机四伏，唐王朝前景可悲。诗人触景生情，忧时伤世，感慨万千，写下了这首《泊秦淮》。

三、诵韵味

（一）断文体：判断文体，了解结构

《泊秦淮》为平起的七言绝句。遵循起承转合的结构。

（二）正字音：依字行腔，乐音自成

本诗"月""泊""不""国""隔"皆为入声字，顿挫感明显，吟诵时入声字要短促、急切，根据字音走向，依字行腔，便能形成基本吟诵调。

（三）试节奏：平仄相间，韵律自成

根据格律诗"五言三重，七言五重，句句皆有重音"的吟诵规则，可见诗中"月""近""亡""后"是重音。按平长仄短的规则吟诗，会发现本诗第一句第二个字"笼"长吟，第二句第四个字"淮"长吟，第三句第四个字"知"长吟，第四句第二个字"江"长吟。

（四）品声韵：入短韵长，音韵传情

（1）韵的运用

本诗押下平"六麻"韵，韵字为：沙、家、花。"六麻"韵中，韵字还有"麻""霞""茶""华""车""牙""斜"等。此韵韵母开口发音较前，是一个单纯的开放之音。本诗中大开口的"a"韵可体会到作者的伤感忧思不断扩大。

（2）其他声韵的运用

第一句"烟笼寒水月笼沙"：

长表示延展：平声字"笼"、韵字"沙"拖长音读，体会凄清迷离的气氛。

第二句"夜泊秦淮近酒家"：

高表示强调：仄声字"夜""近""酒"高吟，明确停泊时

间地点。入声字"泊"短促。

第三句"商女不知亡国恨"：

高表示强调："商女""亡国""恨"读重读高，强调对当权者昏庸荒淫的痛恨，入声字"国"顿挫短促，有呜咽感，体会黍离之悲。

第四句"隔江犹唱后庭花"：

入声字"隔"短促，体会声音凝阻哽塞之感。

长表示延展："江""花"二字拖腔长读，体会诗人不尽的伤感忧思。

（3）意象

"秦淮河、烟雾、停泊、白沙、酒家、月色、寒水、歌女、后庭花"是一组意象。其中，商女即歌女，后以此为不顾国家存亡而醉生梦死的典故。"后庭花"是歌曲《玉树后庭花》的简称。南朝陈皇帝陈叔宝（即陈后主）溺于声色，作此曲与后宫美女寻欢作乐，终致亡国，后世把此曲作为亡国之音的代表。

（4）主题

刺时叹世。

（五）解诗意：依义行调，文意通达

此诗是诗人夜泊秦淮时触景感怀之作，前半段写秦淮夜景，后半段抒发感慨，借陈后主因追求荒淫享乐终至亡国的历史，讽刺那些不从中吸取教训而醉生梦死的晚唐统治者，表现了作者对国家命运的无比关怀和深切忧虑的情怀。

因此，全诗基调伤感、萧索。第一句"烟笼寒水月笼沙"起调较低平，体会清淡的笔墨之下，迷蒙冷寂的气氛。第二句"夜泊秦淮近酒家"承接上句，语调走向朝上，犹如启动了情感的闸门。第三句"商女不知亡国恨"是全诗最高之处，体会诗人振聋发聩的警示，无限悲痛尽在其中。第四句"隔江犹唱后庭花"低沉缓慢，忧思绵长，感慨无边。

（六）调气息：静心诚意，气韵相通

吟诵时需先调匀呼吸，平心静气，声音里有忧思，气息中沉重，感慨之气不绝。

31　蜀道难（李白）

一、吟诗文

蜀道难

（唐）李白

yī xū xī　wēi hū gāo zāi
噫吁嚱，危乎高哉！

shǔ dào zhī nán　nán yú shàng qīng tiān
蜀道之难，难于上青天！

cán cóng jí yú fú　kāi guó hé máng rán
蚕丛及鱼凫，开国何茫然！

ěr lái sì wàn bā qiān suì
尔来四万八千岁，

bù yǔ qín sài tōng rén yān
不与秦塞通人烟。

xī dāng tài bái yǒu niǎo dào
西当太白有鸟道，

kě yǐ héng jué é méi diān
可以横绝峨眉巅。

地崩山摧壮士死,

然后天梯石栈相钩连。

上有六龙回日之高标,

下有冲波逆折之回川。

黄鹤之飞尚不得过,

猿猱欲度愁攀援。

青泥何盘盘,百步九折萦岩峦。

扪参历井仰胁息,

以手抚膺坐长叹。

wèn jūn xī yóu hé shí huán
问 君 西 游 何 时 还？

wèi tú chán yán bù kě pān
畏 途 巉 岩 不 可 攀。

dàn jiàn bēi niǎo háo gǔ mù
但 见 悲 鸟 号 古 木，

xióng fēi cí cóng rào lín jiān
雄 飞 雌 从 绕 林 间。

yòu wén zǐ guī tí yè yuè chóu kōng shān
又 闻 子 规 啼 夜 月，愁 空 山。

shǔ dào zhī nán nán yú shàng qīng tiān
蜀 道 之 难，难 于 上 青 天，

shǐ rén tīng cǐ diāo zhū yán
使 人 听 此 凋 朱 颜！

lián fēng qù tiān bù yíng chǐ
连 峰 去 天 不 盈 尺，

kū sōng dào guà yǐ jué bì
枯 松 倒 挂 倚 绝 壁。

fēi tuān pù liú zhēng xuān huī
飞湍瀑流争喧豗,

pīng yá zhuǎn shí wàn hè léi
砯崖转石万壑雷。

qí xiǎn yě rú cǐ
其险也如此,

jiē ěr yuǎn dào zhī rén hú wéi hū lái zāi
嗟尔远道之人胡为乎来哉!

jiàn gé zhēng róng ér cuī wéi
剑阁峥嵘而崔嵬,

yī fū dāng guān wàn fū mò kāi
一夫当关,万夫莫开。

suǒ shǒu huò fēi qīn huà wéi láng yǔ chái
所守或匪亲,化为狼与豺。

zhāo bì měng hǔ xī bì cháng shé
朝避猛虎,夕避长蛇,

mó yá shǔn xuè shā rén rú má
磨牙吮血,杀人如麻。

jǐn chéng suī yún lè　bù rú zǎo huán jiā
锦　城　虽　云　乐，不　如　早　还　家。

shǔ dào zhī nán　nán yú shàng qīng tiān
蜀　道　之　难，难　于　上　青　天，

cè shēn xī wàng cháng zī jiē
侧　身　西　望　长　咨　嗟！

二、知历史

从唐代开始人们就对这首诗多有猜测，一般认为这首诗很可能是李白于天宝元载至天宝三载（742年至744年）身在长安时为送友人王炎入蜀而写的，目的是规劝王炎不要羁留蜀地，早日回归长安，避免遭到不测。

三、诵韵味

（一）断文体：判断文体，了解结构

《蜀道难》属于七言乐府诗，形式自由，采用律体与散文间杂，文句参差，笔意纵横，豪放洒脱。全诗感情强烈，一唱三叹，回环往复，读来令人心潮激荡。

（二）正字音：依字行腔，乐音自成

本诗"蜀""及""国""八""不""塞""白""绝""石""六""日""逆""折""鹤""不""得""欲""度""百""历""胁""息""木""月""尺""绝""壁""瀑""壑""阁""一"

"莫""或""夕""血""杀""乐""侧"字皆为入声字，顿挫感明显，吟诵时入声字要短促、急切，根据字音走向，依字行腔，便能形成基本吟诵调。

（三）试节奏：平仄相间，韵律自成

本诗属于古体诗，不用按照格律、节奏来分析，遵循"入短韵长、依字行腔、依意行调"的读法即可。

（四）品声韵：入短韵长，音韵传情

（1）韵的运用

本诗有换韵，依次运用了"灰""先""元""寒""删""锡""灰""佳""麻"这些韵。除了一个去声韵"锡"，其余兼为平声韵。去声韵强调蜀道山川险峻之意，但是也有，认为此韵的更换使得气氛短促，是不可取的。此诗平声韵大多都是相邻的韵部，都有展开而后下收的特点，诗中有豪放又艰难的涵义。其中"先"韵最为辽阔，放在了本诗的前面部分，体会蜀道开辟之难。"麻"韵最为单纯开放，诗人放在了全诗的最后一部分，体现了诗人一吐为快的豪迈之感。

（2）其他声韵的运用（以部分内容为例）

"蜀道之难，难于上青天"：

长表示延展：韵字"天"长吟，延长的是蜀道行进的困难程度。

"黄鹤之飞尚不得过，猿猱欲度愁攀缘"：

入声字"鹤""不得""欲度"要短促顿挫，体会蜀道通行之艰难。

"问君西游何时还？畏途巉岩不可攀"：

长表示延展：韵字"还""攀"长吟，体味蜀道之高危、难行。

"但见悲鸟号古木，雄飞雌从绕林间"：

长表示延展：韵字"间"长吟，延展的是蜀道山势的高远。

"又闻子规啼夜月，愁空山"：

长表示延展：韵字"山"长吟，感受山高愁远之心境。

（3）意象

"悲鸟""古木""林间""子规""夜月""空山"等意象营造了一个古木荒凉、鸟声悲凄的境界，更显蜀道之难。

（4）主题

刺时叹世，讽喻诗。

（五）解诗意：依义行调，文意通达

李白极具浪漫主义情怀，寄情山水，放浪形骸。在本诗中，他将想象、夸张和神话传说融为一体，写景抒情，以天马行空般的驰骋想象，创造出博大浩渺的艺术境界。

因此，本诗总体基调雄放，语调高亢。第二部分"问君西游何时还"转为忧愁低昂的旋律，体会古木荒凉、鸟生悲切的境界。其余部分语调皆快速高昂，体现艰难苦险。其中"蜀道之难，难于上青天"的反复出现，像一首乐曲的主旋律一样激荡着读者的心弦。吟诵时要体会全诗的整体旋律框架之美。

（六）调气息：静心诚意，气韵相通

吟诵时需先调匀呼吸，平心静气，从气息中传递出昂扬豪放之情。

32　鹤冲天·黄金榜上（柳永）

一、吟诗文

鹤冲天·黄金榜上
（宋）柳永

huáng jīn bǎng shàng ǒu shī lóng tóu wàng　míng dài
黄　金　榜　上，偶　失　龙　头　望。明　代

zàn yí xián rú hé xiàng　wèi suì fēng yún biàn　zhēng bù
暂　遗　贤，如　何　向。未　遂　风　云　便，争　不

zì kuáng dàng hé xū lùn dé sàng　cái zǐ cí rén zì shì
恣　狂　荡。何　须　论　得　丧？才　子　词　人，自　是

bái yī qīng xiàng　yān huā xiàng mò yī yuē dān qīng
白　衣　卿　相。烟　花　巷　陌，依　约　丹　青

píng zhàng　xìng yǒu yì zhōng rén kān xún fǎng qiě nèn
屏　障。幸　有　意　中　人，堪　寻　访。且　恁

wēi hóng yǐ cuì fēng liú shì píng shēng chàng qīng
偎　红　倚　翠，风　流　事，平　生　畅。青

chūn dōu yì xiǎng rěn bǎ fú míng huàn liǎo qiǎn zhēn
春　都　一　饷。忍　把　浮　名，换　了　浅　斟

dī　chàng
低　唱！

二、知历史

《鹤冲天·黄金榜上》是宋代词人柳永早期的作品，是柳永进士科考落第之后的一纸"牢骚言"，在宋元时代有着重大的意义，产生了极大的反响。柳永词作流传极广，有"凡有井水饮处，皆能歌柳词"之说。有一次，宋仁宗临轩放榜时想起柳永这首词中那句"忍把浮名，换了浅斟低唱"，就说道："且去浅斟低唱，何要浮名。"从此，柳永便自称"奉旨填词柳三变"而长期地流连于坊曲之间、花柳丛中寻找生活的方向、精神的寄托。

三、诵韵味

（一）断文体：判断文体，了解结构

鹤冲天，词牌名，始见于北宋柳永词。《词谱》以《鹤冲天·闲窗漏永》为正体，双调八十四字，前段九句五仄韵，后段八句五仄韵。另有双调八十六字，前段十句六仄韵，后段九句五仄韵等两种变体。代表作品有《鹤冲天·黄金榜上》等。押仄韵，双调。有八十四字、八十六字、八十八字三体。

《鹤冲天·黄金榜上》为宋词，是一首中调。为双调八十八字，上阕九句六仄韵，下阕五句五仄韵。

（二）正字音：依字行腔，乐音自成

本词"失""不""得""白""陌""约""一"皆为入声字，

顿挫感明显，吟诵时要短促、急切。根据字音走向，依字行腔，便能形成基本吟诵调。

（三）试节奏：平仄相间，韵律自成

本词吟诵时根据平仄之声，运用"平低仄高"的吟诵规则尝试吟诵，亦能吟出本词的轻重、高低、长短之变化，体会到词的乐音之美感。

（四）品声韵：入短韵长，音韵传情

（1）韵的运用

这首词上下阕，押词林正韵第二部仄声"二十三漾"和"二十二养"韵，韵母都为"ang"，开口较大。词中韵字有"上""望""荡""丧""相""障""访""畅""饷""唱"。此韵在本词中传递出愤懑感慨的情绪。

（2）其他声韵的运用

① 上阕：

第一句"黄金榜上，偶失龙头望"：

仄声字"榜上"高读，强调词人对科举考试的不满。平声字"金""头"长吟，延长的是内心的愤懑之感。韵字"上""望"为仄声韵，高长的声音里有词人质问现实的呐喊。

第二句"明代暂遗贤，如何向"：

平声字"何"长读，延长的是对自身何去何从的思考。

第三句"未遂风云便，争不恣游狂荡。何须论得丧"：

平声字"云""狂""须"长吟，延长的是词人自负的情绪。入声字"不""得"短促顿挫。

第四句"才子词人，自是白衣卿相"：

仄声字"子""是"高声强调词人极度自负。韵字"相"亦是仄声字，可高声拖长，体会傲慢自负的情绪。

② 下阕：

第一句"烟花巷陌，依约丹青屏障"：

平声字"花""青"长读，韵字"障"拖长诵读，延展的是词人寄情烟花之地，无视科举考试的心绪。入声字"陌""约"短促顿挫，有失意之感。

第二句"幸有意中人，堪寻访"：

仄声字"幸有""访"高声，强调有幸之事。"访"亦是韵字，可拖长体会词人自有佳人可寻的得意之感。

第三句"且恁偎红倚翠，风流事，平生畅"：

平声字"红""流""生"长读，体会恣意放纵的极端情绪。

第四、五句"青春都一饷。忍把浮名，换了浅斟低唱"：

平声字"青春""浮名""斟"长读。韵字"饷""唱"亦拖长诵读，延展的是词人万般无奈的情绪。

（3）意象

"白衣卿相"意寓尚未发迹的读书人；"烟花巷陌"意寓有歌姬的地方。

（4）主题

刺时叹世、讽喻诗。

（五）解词意：依义行调，文意通达

上阕恃才自负，借前朝"野无遗贤"来讽喻即使如今开明治世，自己却也怀才不遇，只能以"自是白衣卿相"来进行自我宽慰。

下阕负气惆怅，既然不受重用，那就流连巷陌，寄情于声伎。可如此，也免不了失落惆怅。

这首词是柳永参加进士科考落第之后，抒发牢骚感慨之作。吟诵时尝试带着词人的叛逆与个性，来体味其刺时叹世、

讽喻现实之感，以此抒发自身的负气牢骚之情。

（六）调气息：静心诚意，气韵相通

吟诵时需先调匀呼吸，平心静气。于一呼一吸之间，舒缓高低之中，传递出作者牢骚感慨之意。

单元探究：讽喻诗，观时事，品世风

一、经典溯源

《观》：盥而不荐。有孚颙若。

初六：童观，小人无咎，君子吝。

六二：窥观，利女贞。

六三：观我生，进退。

六四：观国之光，利用宾于王。

九五：观我生，君子无咎。

上九：观其生，君子无咎。

——《周易》

二、活动探究

（一）活动主题

以诗人的角度，知人论世，收集新闻资料，做一次新闻播报与时政点评。

（二）活动目标

① 通过诵读诗文，了解诗人的责任担当。

② 通过对时政的了解，让学生关注当下，关注社会发展。

③ 通过对时政的点评，了解学生思想动态，培养正确的价值观。

（三）活动流程

① 分组，解读古诗。

② 收集资料，制作新闻播报稿。

③ 观时事，品世风，举行班级时政点评演讲。

（四）活动评价

小组名称						
小组成员						
活动阶段	分值	评分标准	分值	自评	互评	师评
制作新闻播报稿	50	小组分工明确，哲理理解到位	15			
		收集最新资料	20			
		团结合作	15			
时政点评演讲	50	观点明确，价值观正向	15			
		逻辑清晰，完整	15			
		展示精彩	20			
合计得分						

第九单元 咏怀诗

33　诗经·秦风·晨风

一、吟诗文

诗经·秦风·晨风

鴥彼晨风，郁彼北林。
未见君子，忧心钦钦。
如何如何，忘我实多！

山有苞栎，隰有六驳。
未见君子，忧心靡乐。
如何如何，忘我实多！

山有苞棣，隰有树檖。
未见君子，忧心如醉。

rú hé rú hé wàng wǒ shí duō
如 何 如 何， 忘 我 实 多！

二、知历史

《秦风·晨风》主旨有多种。有"刺弃说""女思男说""贤者不忘其君说""秦穆公悔过说""苦秦思周说"，乃至认为此诗主旨不详等观点。朱熹的"妇女念其君子之说"影响较大。他在《诗集传》中言："妇人以夫不在，而言彼晨风，则归于郁然之北林矣；故我未见君子，而忧心钦钦也。彼君子者，如之何而忘我之多乎！此与《庚廖之歌》同意，盖秦俗也。"

三、诵韵味

（一）断文体：判断文体，了解结构

《晨风》是先秦民歌，四言押韵诗歌。

（二）正字音：依字行腔，乐音自成

晨风：鸟名，即鹯（zhān）鸟，属于鹞鹰一类的猛禽。
鴥（yù）：鸟疾飞的样子。
钦钦：忧思难忘的样子。
栎（lì）：树名。
隰（xí）：低洼湿地。
驳（bó）：木名，梓榆之属，因其树皮青白如驳而得名。
檖（suì）：豆梨，又名赤罗、山梨。

（三）品声韵：入短韵长，音韵传情

本诗入声字"郁""北""实""栎""隰""六""驳""乐"

"隰"，吟时短促、急切。首章用鹬鸟归林起兴，也兼有赋的成分。鸟倦飞而知返，还会回到自己的窝里，而人却忘了家，不想回来。这位女子望得情深意切。起首两句，从眼前景切入心中情，又是暮色苍茫的黄昏，仍瞅不到意中的"君子"，心底不免忧伤苦涩。再细细思量，越想越怕。她想：怎么办呵怎么办？那人怕已忘了我！不假雕琢、明白如话的质朴语言，表达出真挚的感情，使人如闻其声，如窥其心，这是《诗经》语言艺术的一大特色。从"忘我实多"可以揣测他们间有过许许多多花间月下、山盟海誓的情事，忘得多也就负得深，这位"君子"实在是无情无义的负心汉。不过诗意表达得相当蕴藉。

(四) 解诗意：依义行调，文意通达

整首诗感情递进。诗篇描写了一位独居的妇女思念她的夫君的情景。她望穿秋水，是那么热切地期盼着。晨风鸟在她眼前，像箭一样飞过，消失在北边茂密的树林里。可是，她所期待的人却没有踪影，她只有"忧心钦钦"。她的忧愁是那样难以平复。思来想去，女子绝望地意识到，他没有回来，很可能是她最不能接受的结果，"忘我实多！"他一定是把我忘了！在她眼前的，只有高处的苞栎、苞棣，低处的六驳、树檖。万物都各得其所，唯有自己无所适从，她当然要"忧心靡乐""忧心如醉"了！

34　岁夜咏怀（刘禹锡）

一、吟诗文

岁夜咏怀

（唐）刘禹锡

mí nián bù dé yì，xīn suì yòu rú hé
弥　年　不　得　意，新　岁　又　如　何？

niàn xī tóng yóu zhě，ér jīn yǒu jǐ duō
念　昔　同　游　者，而　今　有　几　多？

yǐ xián wéi zì zài，jiāng shòu bǔ cuō tuó
以　闲　为　自　在，将　寿　补　蹉　跎。

chūn sè wú qíng gù，yōu jū yì jiàn guō
春　色　无　情　故，幽　居　亦　见　过。

二、知历史

贞元二十一年（805年）正月，唐德宗驾崩，太子李诵抱病继位，是为顺宗。他重用王叔文、王伾、刘禹锡、柳宗元等，实行了一系列革除弊政的措施，史称"永贞革新"。但这一运动很快遭到宦官、藩镇和大官僚们的联合反扑，逼顺宗退位，让太子李纯上台，是为宪宗。革新人物王叔文先被贬官，后处死；陆质、王伾，相继病死；刘禹锡、柳宗元等八人被贬为远州司

马,史称"八司马"。元和十四年(819年),刘禹锡老母病逝,在护送寻柩过衡阳时又接到好友柳宗元去世的消息。《岁夜咏怀》约写于居丧时期。

三、诵韵味

(一)断文体:判断文体,了解结构

《岁夜咏怀》为平起的五言律诗。由首联、颔联、颈联和尾联组成。遵循起承转合的结构。

(二)正字音:依字行腔,乐音自成

本诗"不""得""昔""色""亦"皆为入声字,顿挫感明显,吟诵时入声字要短促、急切。本诗"过"押韵读"guō"。吟诵时根据字音走向,依字行腔,便能形成基本吟诵调。

(三)试节奏:平仄相间,韵律自成

根据格律诗"五言三重,七言五重,句句皆有重音"的吟诵规则,可见诗中"不""又""同""有""为""补""无""亦"是重音。按平长仄短的规则吟诗,会发现本诗"年""如""游""今""闲""蹉""情""居"为长吟。

(四)品声韵:入短韵长,音韵传情

(1)韵的运用

本诗押下平"五歌"韵,有伸展而后变薄的含意。本诗韵字为:多、何、跎、过。按照入短韵长的吟诵规则,本诗吟诵声里表达的是无以言状的苦闷之情。

(2)其他声韵的运用

第一句"弥年不得意,新岁又如何":

高表示强调:入声字"不得"连用,要读得短促、顿挫,

"不得意"三个仄声高读，强调坎坷人生十分不如意。

长表示延展：平声字"年"长吟，表示不如意的时间很长，韵字"何"拖长音读，体会诗人看不到希望的长叹之声。

第二句"念昔同游者，而今有几多"：

高表示强调：入声字"昔"短促且重读，有感慨痛苦之感。

长表示延展：韵字"多"字拖长诵读，体会诗人对挚友柳宗元的无尽痛悼之情。

第三句"以闲为自在，将寿补蹉跎"：

长表示延展：平声字"闲"和韵字"跎"拖长读诵读，体会诗人消极、愤激之情。

第四句"春色无情故，幽居亦见过"：

高表示强调：入声字"色""亦"短促顿挫，突出自然春色的"有"和政治春天的"无"的强烈反差。

长表示延展：韵字"过"拖腔长读，延展的是诗人一生、壮志未酬的十分苦闷之情。

（3）意象

本诗"春色"暗指政治的春天。

（4）主题

咏古伤怀，功业成空。

（五）解诗意：依义行调，文意通达

首联直抒胸臆表达不会有新的希望了。颔联表现的是"一人突逝，举目寂空"的沉痛之情。颈联抒发的是愤激之情。尾联真正的含义却是：自然界的春天自然而然就会来临，可惜的是看不到政治的春天降临人间，看不到国家兴旺景象的来临。

本诗蕴含着作者哀愁、悲情、痛愤、期望的复杂感情，表现出无限苦辛酸楚的情味。因此，第一句"弥年不得意，新岁

又如何"起调可较高，体会诗人看不到希望的苦闷。第二句"念昔同游者，而今有几多"承接上句低而缓。吟出对挚友的沉痛悼念。第三句"以闲为自在，将寿补蹉跎"总体稍高，体会诗人内心的激愤。第四句"春色无情故，幽居亦见过"总体稍低稍慢，诗人内心的极端苦闷都隐含在这表面的平静和闲适之中。

（六）调气息：静心诚意，气韵相通

吟诵时需先调匀呼吸，平心静气，声音里充满苦闷，气息中传递出壮志难酬之情。

35 咏怀八十二首·其一（阮籍）

一、吟诗文

咏怀八十二首·其一

（魏晋）阮籍

夜中不能寐，起坐弹鸣琴。

薄帷鉴明月，清风吹我襟。

孤鸿号外野，翔鸟鸣北林。

徘徊将何见？忧思独伤心。

二、知历史

阮籍是魏晋时期的才子，也是狂人，所谓的魏晋风度和他有很大关系。曹魏后期，政局混乱，曹芳、曹髦等皇帝既荒淫无度又昏庸无能，司马懿父子掌握朝政，废曹芳、弑曹髦，大肆诛杀异己。此时文人的命运与建安时大不相同。拥曹的何晏、夏侯玄等人被杀。嵇康拒绝与司马氏合作，亦惨遭杀害。阮籍本有济世志，但不满于司马氏的统治，故以酗饮和故作旷达来逃避迫害，最后郁郁以终。

三、诵韵味

（一）断文体：判断文体，了解结构

《咏怀八十二首》其一为仄起的五言古体诗，遵循起承转合的结构。

（二）正字音：依字行腔，乐音自成

本诗"不""薄""月""北""独"字皆为入声字，顿挫感明显，吟诵时入声字要短促、急切，根据字音走向，依字行腔，便能形成基本吟诵调。

（三）试节奏：平仄相间，韵律自成

本诗属于古体诗，不用按照格律、节奏来分析。遵循"入短韵长、依字行腔、依意行调"的读法即可。

（四）品声韵：入短韵长，音韵传情

（1）韵的运用

这首诗押下平"十二侵"韵，本诗韵字为：琴、襟、林、心。此韵有闭合、包含的意思，在本诗中传达出一种悲凉之意。

（2）其他声韵的运用

第一句"夜中不能寐，起坐弹鸣琴"：

长表示延展：韵字"琴"长吟，延展的是诗人苦闷与忧思。

入声字"不"短促、顿挫，体会诗人辗转不能眠的痛苦。

第二句"薄帷鉴明月，清风吹我襟"：

长表示延展：韵字"襟"长吟，体会诗人营造的凄清之境。

入声字"薄""月"短促，有愁闷苦楚之感。

第三句"孤鸿号外野，翔鸟鸣北林"：

长表示延展：入声字"北"短促，韵字"林"长吟，感悟诗人心中的孤寂与苦闷。

第四句"徘徊将何见，忧思独伤心"：

长表示延展：韵字"心"长吟，延展的是诗人的孤苦、失望与感伤。

入声字"独"顿挫，强调孤苦。

（3）意象

"夜色"意寓苦闷；"薄帷""明月""清风""衣襟"意寓凄清氛围；"孤鸿"在"外野"，"翔鸟"在"北林"自喻，意寓忧思和永恒的悲慨。

（4）主题

咏古伤怀、功业成空。

(五) 解诗意：依义行调，文意通达

在本诗中，诗人"直举情形色相以示人"，将内心的情绪蕴含在形象的描写中。茫茫夜色笼罩着一切，象征着政治形势的险恶和诗人心灵上承受着的重压。清风、明月、鸿号、鸟鸣等意象，皆以动写静，映衬诗人孤独苦闷的心情。

因此，本诗基调是孤独、失望、愁闷和痛苦的，吟诵时，第一句起调可低沉，语速稍缓慢，体会诗人的苦闷与忧思。第二句承接上句可稍高，表达难以言表的凄清。第三句转，可稍高，渲染孤寂与苦闷。第四句有个问句，可由高向低缓，体会诗人在茫茫的黑夜中徘徊再徘徊的孤苦、失望与感伤。

(六) 调气息：静心诚意，气韵相通

吟诵时需先调匀呼吸，平心静气，从气息中传递出悲凉凄苦之情。

36 念奴娇·赤壁怀古（苏轼）

一 吟诗文

念奴娇·赤壁怀古
（宋）苏轼

| — _ _ | | _ | _ | _ _ _ !
dà jiāng dōng qù làng táo jìn qiān gǔ fēng liú rén wù
大 江 东 去，浪 淘 尽，千 古 风 流 人 物。

| | | _ _ | _ | _ ! ! |
gù lěi xī biān rén dào shì sān guó zhōu láng chì bì luàn
故 垒 西 边，人 道 是，三 国 周 郎 赤 壁。乱

! _ _ | _ _ ! | _ _ | _ _ !
shí chuān kōng jīng tāo pāi àn juǎn qǐ qiān duī xuě jiāng
石 穿 空，惊 涛 拍 岸，卷 起 千 堆 雪。江

_ _ _ ! _ _ | _ _ ! | |
shān rú huà yì shí duō shǎo háo jié yáo xiǎng gōng jǐn
山 如 画，一 时 多 少 豪 杰。遥 想 公 瑾

_ _ | _ _ | _ _ _ ! |
dāng nián xiǎo qiáo chū jià liǎo xióng zī yīng fā yǔ shàn
当 年，小 乔 初 嫁 了，雄 姿 英 发。羽 扇

_ _ | _ _ | _ _ _ ! | !
guān jīn tán xiào jiān qiáng lǔ huī fēi yān miè gù guó shén
纶 巾，谈 笑 间，樯 橹 灰 飞 烟 灭。故 国 神

_ _ _ _ _ _ _ _ ! |
yóu duō qíng yīng xiào wǒ zǎo shēng huá fà rén shēng
游，多 情 应 笑 我，早 生 华 发。人 生

```
  _    |    !    _    _   |   _    !
  rú  mèng  yì  zūn  huán  lèi  jiāng  yuè
  如  梦 ， 一  尊  还  酹  江  月 。
```

二、知历史

本词作于元丰五年（1082年）七月，是苏轼被贬谪黄州后所作。在"乌台诗案"中，苏轼无端受屈，含冤入狱达4个月之久，精神与肉体备受折磨。出狱后，苏轼带着一身的失落与愁苦，被贬到黄州（今湖北黄冈）做团练副使，苏轼常常来赤壁矶头游览眺望，或泛舟江中。此时他已年近半百。他站在矶头，望着滚滚东去的江水，想起自己建功立业的抱负也付之东流，不禁俯仰古今，浮想联翩，写下了名作《念奴娇·赤壁怀古》。

三、诵韵味

（一）断文体：判断文体，了解结构

《念奴娇·赤壁怀古》为宋词，是一首长调。词分上下两阕。上阕咏赤壁，下阕怀周瑜，并怀古伤己，以自身感慨作结。

念奴娇，词牌名，又名"百字令""酹江月""大江东去""湘月"，得名于唐代天宝年间的一个名叫念奴的歌伎。此调以苏轼《念奴娇·中秋》为正体，双调一百字，前片四十九字，后片五十一字，各十句四仄韵。另有双调一百字，前片九句四仄韵，后片十句四仄韵等十一种变体。代表作品有苏轼《念奴娇·赤壁怀古》、姜夔《念奴娇·闹红一舸》等。

（二）正字音：依字行腔，乐音自成

本词"物""国""赤""壁""石""拍""雪""画""一"

"杰""发""灭""国""发""一""月"皆为入声字,顿挫感明显,吟诵时要短促、急切。根据字音走向,依字行腔,便能形成基本吟诵调。

(三)试节奏:平仄相间,韵律自成

(此词格律参考《白香词谱》之《念奴娇·石头城》有待验证。)

本词吟诵时根据平仄之声,即"(仄)平(平)仄,仄(平)仄、(平)仄(平)平平仄。(仄)仄(平)平,平仄仄、(平)仄(平)平仄仄。(仄)仄平平,(平)平(仄)仄,(仄)仄平平仄。(平)平(平)仄,(仄)平平仄平仄。(平)仄(平)仄平平,(仄)平(平)仄(仄),平平平仄。(仄)仄(平)平,平仄仄、(平)仄(平)平平仄。(仄)仄平平,(平)平(仄)平(仄),仄平平仄。(平)平平仄,(仄)平平仄平仄。"运用"平低仄高"的吟诵规则尝试吟诵,亦能吟出本词的轻重、高低、长短之变化,体会到词的乐音之美感。

(四)品声韵:入短韵长,音韵传情

(1)韵的运用

这首词上下阕,韵为词林正韵第十七部的"十二锡"和第十八部中的"五物""六月""九屑"上去通押,皆属短促顿挫的入声韵,有铿锵硬朗之感。词中韵字有"物""壁""雪""杰""发""灭""发""月"。此韵在本词中传递出悲壮激昂的情绪。

(2)其他声韵的运用

① 上阕:

第一句"大江东去,浪淘尽,千古风流人物":

仄声字"去""尽""千古"高读,强调江水波涛滚滚,人物意气风发。韵字"物"亦为入声,顿挫吟诵,体会铿锵之感。

平声字"江""淘""流"长吟，体会时空的广阔悠长。

第二句"故垒西边，人道是，三国周郎赤壁"：

入声字"国""赤壁"亦为仄声字，高声短促，有顿挫铿锵之力。仄声字"人道是"仄声高读，强调这是传说事迹。平声字"西边""周郎"长读，延长的是回忆的思绪。

第三句"乱石穿空，惊涛拍岸，卷起千堆雪"：

仄声字"乱石""岸""卷起""雪"高读，强调乱石的险峻，巨浪的惊人。平声字"空""涛""堆"长读，延展的是雄伟的画面。

第四句"江山如画，一时多少豪杰"：

平声字"山""时"拖声长读，延展的是时空的广阔。

② 下阕：

第一句"遥想公瑾当年，小乔初嫁了，雄姿英发"：

平声字"年""乔""姿"长读，延展的是回忆的思绪。

第二句"羽扇纶巾，谈笑间，樯橹灰飞烟灭"：

平声字"巾""飞"长读，延展的既有回忆的思绪，也有周瑜的从容气概。

第三句"故国神游，多情应笑我，早生华发"：

仄声字"国""发"短促顿挫，体会词人的伤感。平声字"游""情""生"拖长声音，体会词人长长的感慨之意。

第四句"人生如梦，一尊还酹江月"：

仄声字"梦""还酹江月"高吟，强调词人豁达的心胸。

（3）意象

赤壁之战象征英雄在世建功立业名垂青史。

（4）主题

咏古伤怀，功业成空。

（五）解词意：依义行调，文意通达

本词气象磅礴，格调雄浑，以豪壮写失意。上阕重在写景，咏"赤壁"雄伟开阔，营造出一幅江山如画，豪杰争雄的壮阔场面。下阕重在抒情，怀"周瑜"年少有为，与自己对比，抒发"功业成空，韶华易逝"的无尽感慨。

吟诵时要着重把握上阕贯穿历史长河"自有横槊气概，故事英雄本色"的雄浑激昂，还要仔细体悟下阕"壮志难酬，光阴虚掷"的感慨，同时把握尾句不失豁达的豪放本色。

（六）调气息：静心诚意，气韵相通

吟诵时需先调匀呼吸，平心静气。于一呼一吸之间，舒缓高低之中，传递出作者壮志难酬，光阴虚掷之意。

单元探究：咏怀诗，溯典故，品情怀

一、经典溯源

公都子问曰："钧是人也，或为大人，或为小人，何也？"孟子曰："从其大体为大人，从其小体为小人。"曰："钧是人也，或从其大体，或从其小体，何也？"曰："耳目之官不思，而蔽于物，物交物，则引之而已矣。心之官则思，思则得之，不思则不得也。此天之所与我者，先立乎其大者，则其小者弗能夺也。此为大人而已矣。"

——《孟子·告子上》

二、活动探究

（一）活动主题

探寻古诗典故。

（二）活动目标

① 通过解读古诗典故，了解典故的时代情怀。
② 通过资料收集，训练学生探究典故时代价值的能力。
③ 通过故事演讲，展示学生学习成果。

（三）活动流程

① 分组了解，选择研究的古诗。
② 查阅资料，了解诗中典故及时代体悟。
③ 故事演讲，分享诗中典故及探究成果。

（四）活动评价

小组名称							
小组成员							
活动阶段	分值	评分标准	分值	自评	互评	师评	
典故资料收集整理	50	小组分工明确	15				
		资料收集广泛，文献精准	20				
		团结合作	15				
故事演讲	50	观点明确	15				
		逻辑清晰，完整	15				
		展示精彩	20				
合计得分							

参考文献

[1] 赵敏俐，徐健顺. 中华经典诵读[M]. 北京：开明出版社，2020.

[2] 叶嘉莹. 迦陵各体诗文吟诵全集[M]. 广西：广西师范大学出版社，2021.

[3] 朱光磊. 唐调诗文吟诵二十讲[M]. 北京：商务印书馆，2019.

[4] 陈少松. 古诗词文吟诵导论[M]. 北京：中华书局，2017.

[5] 徐健顺. 普通话吟诵教程[M]. 广西：广西师范大学出版社，2018.

[6] 徐健顺. 吟诵概论[M]. 广西：广西师范大学出版社 2019.

[7] 吕君忾. 格律诗词常识、欣赏和吟诵[M]. 北京：中国人民大学出版社，2015.

[8] 杨芬. 斯文在兹：吟诵之路[M]. 南京：江苏科学技术出版社，2019.

[9] 陈向春. 吟诵与诗教[M]. 长春：东北师范大学出版社，2015.

[10] 叶永锡. 古代诗词传统吟诵选编[M]. 杭州：西泠印社出版社，2019.

[11] 丛龙梅. 吟诵教学：用声音传承经典[J]. 人民教育，2021（06）：79.

[12] 须强. 传统吟诵回归校园的实践之路[J]. 教育家，2021（11）：70.

[13] 翟颢. 浅析吟诵的内涵、价值与推广[J]. 生活教育，2020（12）：57-60.

[14] 叶嘉莹. 古诗词中这些字你读对了吗？[J]. 读写月报，2019（35）：10-11.

[15] 吴月婷. 激诗兴　品诗意　悟诗情——古诗吟诵教学的策略探析[J]. 教学月刊小学版（语文），2019（10）：46-49.

[16] 王清梅. 将吟诵引入古诗文教学的有益尝试[J]. 河南教育（基教版），2019（10）：53.

[17] 颜丽. 普通话平调为"骨"，传统吟诵调为"魂"——在职业院校开展古诗文吟诵教学的策略研究[J]. 教育艺术，2019（09）：6.

[18]　王鑫. 吟诵在古代文学教学中的作用[J]. 中华少年, 2019（26）: 297.

[19]　冯蒸, 牛倩. 叶嘉莹吟诵理论新探[J]. 首都师范大学学报（社会科学版）, 2018（06）: 124-133.

[20]　叶嘉莹. 我们为什么还要读古诗[J]. 党员文摘, 2018（11）: 29.

[21]　陈洪. 唐调吟诵在古诗文教学中的运用[J]. 语文世界（教师之窗）, 2018（10）: 25-26.

[22]　赵艳利. 论吟诵在古诗文教学中的作用[J]. 读写算, 2018（19）: 204.

[23]　徐建顺, 徐健顺. 自古读书皆吟诵[J]. 当代教育家, 2017（11）: 44-46.

[24]　徐建顺, 龚昊. 吴侬软语中重叠动词带补语结构的语用分析[J]. 现代语文（语言研究版）, 2017（09）: 40-42.

[25]　叶嘉莹. 在诗歌里感受"不死的心灵"[J]. 语文教学与研究, 2017（27）: 12.

[26]　徐建顺. 梦幻曲《春江花月夜》吟诵技巧初探[J]. 现代语文（教学研究版）, 2017（05）: 4-5+2.

[27]　杨娜. 传统吟诵的"学"与"用"[J]. 开封教育学院学报, 2017, 37（03）: 178-180.

[28]　叶嘉莹. 在古典诗词中读出生命与感动[N]. 新华日报, 2017-02-14（015）.

[29]　李昌集. 古诗文吟诵的历史传统与规则要领[J]. 江苏师范大学学报（哲学社会科学版）, 2017, 43（01）: 1-14.

[30]　张珊. 汉语传统吟诵调的音乐美学问题研究[D]. 西安: 西安音乐学院, 2016.

[31]　华锋. 论华氏吟诵调及其特点[J]. 聊城大学学报（社会科学版）, 2016（01）: 14-20.

[32]　刘静, 王萍. 古诗吟诵的韵律分析——以叶嘉莹吟诵为范本[J]. 文学与文化, 2013（04）: 41-56.